畑リンタロウ（画）火ノ
汝、わが騎士
として
THOU, AS MY KNIGHT
Hatake Rintaro
Hino
JN075584

# CONTENTS

THOU, AS MY KNIGHT

プロローグ 012
一章 026
二章 066
三章 156
四章 224
エピローグ 276

# 汝、わが騎士として

THOU, AS MY KNIGHT

Hatake Rintaro
Hino

# CHARACTERS

Tsushima Rindou　Holy　Canus Miles　Fine Primus　Causa Insania

## ホーリー

没落した地方貴族の娘。なぜかバルガ帝国から命を狙われている。ツシマの手を借りてエルバル独立都市へと亡命しようとする。

## ツシマ・リンドウ

エルバル独立都市から来た七等位情報師。情報師としては異端な喫煙者。ホーリーの亡命に護衛役として付き添う。

## カヌス・ミーレス

バルガ帝国最強の情報師集団『六帝剣』の一人であり、第二皇子の騎士。若き天才として才覚を見いだされた十一等位情報師。

## カウサ・インサニア

バルガ帝国第一皇子。皇位継承候補筆頭。世界有数の知略家として知られている。腹の読めない男。

## フィーネ・プリムス

『六帝剣』の一人であり、カウサの騎士。『六帝剣』の中でも最高峰の戦力を持つ『光芒の情報師』として世界的に有名な十一等位情報師。

# プロローグ

一台の車が夜の幹線道路を駆け抜ける。車内は入り乱れる無線の音で混乱していた。

『こちら一班！　四班の撃沈を確認！』

『六班はもう限界だ、後は頼んだぞ！　うあぁっ』

時折聞こえてくる、何かが爆ぜる音に無線が次々と途切れていく。助手席に座る男が、無線のチャンネルを合わせながら舌打ちを溢した。

「畜生。もう半分がやられた」

彼は呟くように口にしてバックミラーへ視線を向ける。後部座席に座る少女ホーリーは彼の視線を感じて表情を暗くさせた。

この状況を作っているのは紛れもない彼女だった。自分でもその自覚がある。だが、それをどうにかする力は、今の彼女にはなかった。

もどかしい気持ちで視線を背けたホーリーの眼に、ひび割れた窓ガラスに浮かぶ自分の姿が映った。

ハーフアップにまとめた銀髪に青い瞳。何か一つの衝撃で砕けて消えてしまいそうな儚さを纏った少女がそこにいる。彼女は街灯の光を反射する白い肌の下で、自らの意思とは関係なく薄い唇を震わせていた。

やはり、怖いのだ。自分の願いのために多くの人々を巻き込んでしまった後ろめたさが、自らの決断を後悔に導く。そもそも、その決断に明確な自信などあったのかと問われれば、分からない。それ故の恐怖だった。

ホーリーは首を横に振り、迷いを断ち切る。もう後には引き返せないほどの場所まで事態は進んでしまっているのだ。

彼女を乗せた車はヘッドライトもつけず、バルガ帝国北部に位置する大河沿いを疾走する。月も星もない漆黒の闇の中で、幾つもの回転翼機が大河にスポットライトを落とす光景が見えた。

どれも水面を走る高速艇を追いかけている。先ほどからの無線は彼らの声である。大河に火が上がるたび、彼女を逃がそうとする仲間達が消えていく。

ホーリーはやりきれない思いで唇を噛みしめた。

「もう少しで予定の港に到着する。仲間が追手をうまく引きつけている間が勝負だ」

無線の合間に同車する男達が最後の打ち合わせを始めた。その声を聞きながら、ホーリーもいよいよ状況の切迫さを実感する。

「応援の情報師は間に合わん。彼女を船に乗せ次第、出発する。いいな！」

狭い車内には四名の男達。彼らは皆、血走った目をしていた。

車は、車線を跨いで港に走り込んでいく。積み重なるコンテナの間を駆け抜ける最中にも、大河には炎が上がり続けていた。

車はようやく目的の船を視界に捉える。波に揺れる黒塗りの高速艇めがけて、車が進んでいった。だが、運転手は予定の場所よりもかなり手前で急ブレーキを踏んだ。

ホーリーは車内で前のめりになり、前席に体ごとぶつける。騒然とする車内で、運転手が声を上げた。

「クソ！　先回りされてっ――」

運転手が叫んだ瞬間、銃声とともにフロントガラスにヒビが走る。運転手の男の頭が跳ね上がり、何かが車内に飛び散った。

天井からしたたり落ちた何かがホーリーの頬に当たる。一瞬、彼女の中で時が止まった。引きつる唇から悲鳴が上がりそうになったが、それよりも早く男達の怒声が響いた。

「待ち伏せだ！　車を降りろ！」

残された男達は姿勢を低くしたまま車を飛び降りる。ホーリーは彼らに引きずられるようにして車から降ろされた。

一気に体を包む冷たい空気に身を縮ませたのも束の間、彼らを銃撃の集中砲火が襲う。

頭上から降り注ぐガラス片にホーリーは小さく悲鳴を上げた。隣に屈んだ男が彼女を抱えるようにして庇いながら、銃声に負けないほど力強く叫びを上げる。

「船まで走れ！　なんとしても彼女を逃がすんだ！」

男達は互いを確認し合うように見つめ合う。彼らの眼から生きる事への希望が消え、全てを捨てる覚悟が生まれた。もはや捨て身だ。彼らはホーリーを守るためだけに立ち上がった。

男達はホーリーを守るように囲んで走り出す。彼女は怯えながらも男達の先導に必死でついて行く他ない。

一寸先は闇。遠くの水面に反射する死者の炎だけが彼女の道しるべだ。

ホーリーは白い息を吐きながら必死に走った。既に極度の緊張で喉は渇ききり、まともに呼吸も出来ない。足は今にももつれてしまいそうだった。

きっと端から見れば、まともに走れてすらいないに違いない。体は前のめりに、重心は左右に揺れる。視界が暗転を繰り返すほど、ホーリーは懸命に走った。

だが、彼女の思いに反して現実は残酷な結果を示す。

ホーリーの隣を走る男が視界の隅で倒れた。糸の切れた人形のように頭から地面に突っ伏す。そして後ろを走っていた男が悲鳴を上げた。半端に上がる悲鳴は銃声に重なって途絶えていく。

目的の船まであと五十メートルもない。無骨な高速艇に乗り込めさえすれば助かるだろう。なのになぜだろう。たった数十メートル先が涙で霞み、果てしなく遠く見えた。

背後から音もなく忍び寄る悪意の手が、ホーリーのか細い首元に指を絡める。心臓が止まるような寒気が走り、ホーリーは眼前を走る男へ助けを求めるように手を伸ばした。

「ま、待って！」

男はホーリーの声に振り返った。だが、ホーリーの指先を弾丸が掠め飛んでゆく。鉛の塊はいとも容易く男の眉間を貫いた。

その光景が見えた次の瞬間、ホーリーは飛び散った血に視界を奪われてしまう。慌てて顔を拭ったが、間が悪い。彼女は倒れた男の体に見事に躓いた。

「あっ！」

暗転する視界。次に彼女の身体を襲うのは、ひどく冷たく固い地面の感触だった。

舗装された地面にたたきつけられるように転がり、ホーリーは短く悲鳴を上げた。体中に痛みが走り、彼女は冷たい地面の上で背中を丸める。

「逃げるのはここまでにしましょう。これ以上は無駄なあがきでしかない」

闇の中から、彼女の小さな背中に声が掛けられた。それと同時に闇の中から何人もの兵士達が姿を現す。皆揃いの軍服。その中央で、一人だけベレー帽を被った指揮官が立っていた。

ホーリーは強気な視線を彼に向ける。彼は呆れるように首を横に振った。

「はじめから亡命なんて出来るとは思っていなかったでしょう。ここが潮時だ。諦めたまえ」

ホーリーは彼の言葉を聞きながら、身を起こした。

寒さと、恐怖と。痛みで全身が震える。それでも彼女は奥歯を噛みしめ、背後の高速艇を窺うように視線を向ける。

船は目と鼻の先だ。隙を突けばまだ希望はある。彼女はそう考えて立ち上がろうとした。

しかし、指揮官はホーリーの浅知恵を見抜いて指を鳴らす。

指揮官の合図と共に、突然ホーリーの目の前で白い炎が立ち上った。夜の闇にあまりにも強烈な光は、船そのものから放たれていた。一体それが何なのか。ホーリーは頬に叩き付ける熱風で知る。

彼女が乗り込むはずだった船が爆破されたのだ。手を伸ばせば届きそうなほど近くにあった最後の希望は、見事に一瞬で爆発霧散してしまった。

一拍おいて、細かく砕けた鉄片が空から降り落ちてくる。水面を激しく揺らし、水しぶきがあたりに降り注ぐ。ホーリーは空に上がった煙を見上げて、言葉を失った。

木っ端みじんとなった船の残骸の一つ一つがホーリーの足下に転がり落ちる。それらは、かつて彼女が夢に見ていた自由への希望だ。

しかし、もうそれは意味を成さない。言葉通り、残骸であり、役に立たないゴミになってしまった。

ホーリーは残酷な現実から目が離せない。その場に膝を折り、座り込む彼女は震える唇からかすかに言葉を溢した。

「そんな、嫌よ。こんなこと」

ただでさえ暗い港が、ゆっくりと黒く染まっていく。耳に聞こえていた音が遠くなり、意識がもうろうとしていく。ホーリーは気力も失い、にじり寄る兵士達を見上げた。

もはや抵抗することも出来なくなった少女を見下ろし、指揮官は嗜虐的な笑みを浮かべていた。彼は冷たい口調で部下に指示を下す。

「取り押さえろ。多少、手荒でも構わん」

武装した兵士達が複数人迫ってくる。か弱い少女を兵士達は乱暴に組み伏せた。

まだ雪の残る冷たいアスファルトの上に押さえつけられ、ホーリーは声もなく涙を流していた。もはやここまで。ホーリーは必死にたぐり寄せた小さな希望が、目の前ではっきりと消えていく気配を感じた。

涙に歪む視界の向こう。どこまでも広がる漆黒の景色が、何もかもを飲み込んでいく。ここで自分の人生は終わるのだ。あらゆる感情が、終焉を前にして夜闇に溶けて消えていく。

もう諦めてしまおう。自分はよくやった。死ぬにしても、出来ることは全てやりきった。せめて自分を慰めながら、ホーリーはこみ上げる嗚咽を飲み込む。そして終わりを受け入れようと、ゆっくりと瞳を閉じようとした。

しかし、彼女の瞳に映った何かが瞼を止めた。絶望の淵に見たその何かは、閉じかけた瞼の向こうで不気味に揺れる。涙に滲む夜の闇に、二つの鬼火が見えた気がした。

少女にとって煌々と青く輝くその光は、良い思い出などではない。だが、なぜだか不思議とその光を見た瞬間、ホーリーは胸の中に再び奇怪な希望が現れた気がした。

何か考えがあったわけではない。しかし、彼女は反射的に息を吸い込み、鉄の味がする口を開いた。

「ここよ！　助けて！」

突然上がった少女の声は、半ば悲鳴に近い。指揮官は驚き、顔を上げる。そしてホーリーの見つめた先を見て表情をこわばらせた。

「情報師だ！　殺せ！」

指揮官の声に全ての兵士が一斉に銃口を闇に向ける。そして一切の妥協もなく全ての銃口が火を吹いた。ホーリーは両手で耳を塞ぐ。そうしなければ鼓膜が裂けてしまいそうなほどの一斉射撃だった。

地面に転がる薬莢が足の踏み場もないほどに積もっていく。数にすれば数千発もの弾丸が、標的に向けて放たれていた。

だが、信じられないことに全ての弾丸は標的に触れることすらない。まるで彼らの間に何かがあるかのように、弾丸は軌道をあさっての方向へゆがめられて飛んでいくのだ。擾乱の中心で、青い光がゆらゆらと残影を描きながら迫ってくる。

ホーリーは得体の知れないその人物を食い入るように見つめていた。フラッシュのように光る一瞬一瞬に浮き上がる人物は、まるで暗闇から這い出してきたかのように徐々に正体を現していく。

指揮官はたったひとりの情報師に臆して引き下がった。彼の動きに兵士達も徐々に後退を始める。いくら弾丸を撃ち込もうと、情報師の歩みが止まらないのだ。本能に即した恐怖が、彼らを包み始めていた。

全隊が後退していく波が、ホーリーの周りにも伝わり始める。彼女を組み伏せていた兵士がゆっくりと腰を上げ、彼女の髪を摑んだ。

無理矢理引き起こされ、痛みで我に返ったホーリーは身を捩りながら悲鳴を上げた。

「やめて！　放して！」

その声を聞いた直後、彼女を摑んでいた兵士が突如として燃え上がった。人のものとは思えない絶叫が響き、解放されたホーリーは半ば恐怖を感じながら地面に転がる。

一体何が起こったのか、彼女には理解できない。

「な、なに？」

動揺する彼女の背後に気配が近づく。ホーリーはその気配に、恐る恐る視線を上げた。

彼女の視界に、燃え上がる兵士の明かりに浮き上がるひとりの男が映る。禍々しく光る二つの瞳が、彼女を見下ろした。

彼はこんな冷え込む冬にもかかわらずハーフ丈のジャケットに、しわの寄ったシャツとブーツという格好をしている。

紫がかった黒髪は整えられる事もなく、毛先は乱雑に目元に落ちていた。瘦せて余分な肉の

ついていない頬と色素の薄い唇。一見すれば弱々しい印象を与える容姿だったが、それに反して眼だけは異様にぎらついていた。

「しばらく屈んでいろ。すぐに終わる」

突如として現れた彼は、無愛想な口ぶりで言った。言葉の意味が分からず、ホーリーは口を開けたまま固まってしまう。

ホーリーを背にして、男は視線を兵士達へ向けた。圧倒的な勢力差がありながらも、彼には全く焦りはない。絶対的な自信がその背中に表れていた。

男は狙いを定めるように腕を伸ばすと、再び瞳を強く光らせる。それと同時に、彼の周囲の空間が僅かに歪んで見えた。そして、大気を焼き焦がす真っ白な熱線がどこからともなく兵士達に放たれる。

彼が放った熱線は、無数に並ぶコンテナや鉄骨を、もろとも焼き切りながら兵士達を襲っていく。響き渡る悲鳴、混乱、そして絶叫。たったひとりの、遅れてきた情報師によって驚くほどあっけなく戦況は逆転していく。

暗闇だった港には、次々と兵士達を燃料とした松明の火が立ち並んでいく。明かりなど必要ないほどに、周囲は焔の色に染まっていった。

まさしく、地獄。業火に焼かれる罪人達を連想させる光景に、ホーリーは呼吸すら忘れてしまう。先ほどまで感じていたはずの骨を凍らせるほどの寒さが、あっという間にほてりに変わっていた。

ホーリーは現実感の無い光景を前に、傍らに立つ男を見上げる。

彼は間違いなく、彼女の危機を救ったヒーローだ。しかし、ホーリーは素直にそう思えない。

その理由は彼が身に帯びる雰囲気だけではない。薄く照らし出される彼は、悪魔的に笑っていたのだ。

次々と現れる兵士達をことごとく焼き殺し、絶命するまで徹底的な制圧を行う。それでいながら笑っているのだ。とてもではないが、ヒーローの姿ではない。

あたりが静まりかえり、男はようやく瞳の青い光を薄くさせていく。ほぼ全ての兵士達が息絶え、炎と炭ばかりになった港を見渡し、男はポケットから煙草を取り出した。

「あなたは、一体？」

ホーリーは腕の震えを抑えながら男に問いかけた。彼は古びたオイルライターを擦り、煙草の先に火を灯すと彼女を見る。

「依頼を受けた、ツシマ・リンドウだ」

彼の口ぶりでホーリーはすぐに理解した。嵐の丘が彼女の亡命のために仕事を依頼した情報師とは、この男だ。

それを聞いて、安堵と共にホーリーの胸にふつふつと後悔の感情が湧き上がる。彼女は涙で濡れた顔を拭い、立ち上がった。そして、恐怖を誤魔化すために、自分の弱さを隠すために、口調を強める。

「遅いわ！　どうしてもっと早く来なかったの。みんな、みんな死んでしまったわ！」

思わず感情がこぼれて声が震えた。それでもお構いなしにホーリーはツシマへ詰め寄った。

しかし、彼は一切感情のない瞳で、彼女の指し示した死体を流し見る。

「だが、お前は生きてる。それでは、不満か？」

「っ――」

ホーリーは言葉に詰まった。心から湧き上がってくる重たい感情。おそらくは自己嫌悪が主たるその気持ちを、うまく言葉に出来なかった。

それに、ツシマの瞳があまりにも無関心に彼女を見ていることが、それ以上の口論を展開させない。彼は明らかに、自分とは生きている世界、見ている世界の違う人間の目をしていた。

潤む瞳で拳を握るホーリーを見下ろし、ツシマはため息を吐く。

「こいつらはここで死ぬしかなかった。お前を守るためにな。結果を見れば十分な仕事を果たしたと言える」

ツシマは淡々と言い、煙を吐き出す。ホーリーは自分に何かを言い返す権利はないと分かっていながらも、彼に向けて鋭い視線を向けた。

「仕事だから死んでいいっていうの？　彼らだって生きたかったはずよ」

ホーリーは自分で語りながら、矛盾をはらんだその台詞に心が痛む。彼らを死なせたのは自分なのだ。自分が言えた言葉ではない。

ホーリーは混濁する感情をうまく整理できず、目頭の熱さに俯いた。彼女の頭頂部に、ツシマの言葉が遠慮無く突き刺さる。

「使命のためなら、死ぬこともある。こいつらはただそれを望んだ。それだけの話だ」

冷たく言い、ツシマは煙草を口にする。彼の言葉に、ホーリーは拳を強く握る。

「情報師はみんな、そんなに冷酷なの？」

「さぁな。そんな下らない事は他の情報師にでも聞け」

さも興味なさげに言い返したツシマは、ホーリーを一瞥すると背を向けた。

「追手が来る前にここを離れる。ついてこい」

夜闇に再び溶けていく背中を見つめ、ホーリーは恐怖に似た感情を覚えた。彼が味方であることが、にわかに信じられず、しかしその背中以外に頼れるモノは何もない。もどかしさを感じながらも、ホーリーは彼の背中を追いかけるしかなかった。

まだ雪の残る細い道路沿い。人気の薄い地域にある衣料店の前に、小さな車が止まっていた。どこか草臥れた雰囲気を身に纏うツシマは、曇天の下で煙草を吹かす。

吐き出す煙はいつもより重たく、空に舞い上がりもしない。それはまるで彼の心境のようでもあった。

「よりによって、この国でガキのお守りとは、な」

彼の憂鬱な独り言は、積もった雪の中に染み入って消えていった。その独り言の続きを語るように、待ちくたびれた彼の耳に扉を開くベルの音が聞こえた。

ツシマは短くなった煙草を捨てて、店の出入り口を見る。そこには品のある白銀の髪に、青い瞳をした少女が立っていた。雪景色がよく似合う色白な少女ホーリーは、どこか不満げに新調した服を確認していた。

古着の白シャツによれたスカートという服装だ。決して違和感があるわけではない。やや、着丈が合っていないのは、彼女の骨格が細いからだろう。仕方が無い。

服装に関していくつかの項目を確認するツシマの視線と目が重なり、ホーリーは敵意をむき出しにした目つきに変わる。

「なによ。どこか変?」

彼女の問いかけにツシマは軽く肩をすくめる。

「問題ない。血まみれの服よりかはいくらかマシになった。乗れ」

助手席の扉を開き、手招きをするツシマ。彼女はツシマと一切視線を合わさず車に乗り込んだ。ツシマはわざと荒く扉を閉めると大きなため息を吐く。

「これだから子供は嫌いだ」

改めて苦手意識を確認し、ツシマは運転席へと乗り込んだ。

二人は昨晩の大捕物があった港から一睡もすることなく車を走らせていた。おかげで追手の姿はなく、どうにか警戒網を抜けた様子であった。返り血や泥、すすで汚れきったホーリーの服を買い換える余裕が出来たのはそのおかげだ。

隣の席でやっと不快な服を脱ぎ捨てられたホーリーは、窓の外を見ながら小さく吐息を吐いていた。

雪道を走り、上下に揺れる車内に暖房が効き始めた頃合いでやっとホーリーが口を開く。

「昨日は助けてくれて、ありがとう」

ぶっきら棒にそう言う彼女は表情を見られないように顔を背けたままだ。ツシマはハンドルを握ったまま「仕事だ」と素っ気なく返した。

「それで、あなたが『嵐の丘』が私の亡命の為に準備したっていう情報師なのよね」

「あぁ。エルバル独立都市のツシマ・リンドウ七等位情報師だ」

簡潔な自己紹介を聞いて、少女は改めて隣に座るツシマのことを横目に見る。明らかに好意的な視線ではない。ツシマはその視線に乗せられた問いかけに答える。

「なにか、不満か？」

「別に」

彼が何者かなど興味無いとばかりに言い切り、少女は靴を脱ぎ始めた。彼女はしばらく靴紐と格闘をしていたが、ツシマの視線に気が付いて顔を上げる。

「なに？」

「こちらは名乗った。次はお前の番だ」

実にまともなことを言われているのだが、なぜか彼女はさらに機嫌を損ねて頬を膨らませる。そして仕方なしと言葉を吐いた。

「名前はホーリー。偽名よ。地方貴族の末子で、色々あってエルバルへ亡命を希望してる。依頼を受けたときに聞いてないの？」

「一応、事実確認だ」

反抗的な態度のホーリーに半ば呆れつつ、ツシマはポケットから煙草を取り出した。灰色の真新しい箱から一本取り出すと、ホーリーが顔をしかめた。

「煙草は遠慮して頂戴。こんな狭い車で吸われたら堪ったものじゃないわ」

ツシマは鼻で笑うと、お構いなしにオイルライターを取り出す。

「我慢しろ。どうせ短い付き合いだ」

そう言い放ち、ライターを擦った。途端に車中に広がる煙草の香り。信じられないものを見たとばかりにホーリーは首を横に振った。

「あなた、情報師よね。脳への血流を悪くする煙草は情報師にとっては厳禁なはずでしょ？」

「詳しいようでなによりだ。だが、煙草程度で支障が出る様な半端者ではない」

うまそうに煙に燻されるツシマを、ホーリーは汚物を見るような目で睨んでいた。

彼らの言う情報師とは、世界の人口の数パーセント存在する特殊な能力を持つ人間たちの総称だ。

情報師は科学的に実現可能な事象であればコ、、、ドを執行することにより、大抵の現象を発生させることができる。脳内で組み上げたコードは眼球を通して大気中の情報因子へ送られ、様々な現象を引き起こした。眼球の発光現象はその際に起きる特徴的な反応だ。

彼らの力はかつて魔術や錬金術と呼ばれてきたものであったが、現在では科学的な法則の中で機能していることが分かってきている。

そういった情報師の力を使う上で、アルコールやニコチンは様々な悪影響を与えた。多くの情報師はこれらを嫌う傾向があるのだ。

一般的な情報師の常識から外れ、ツシマはくわえ煙草のまま話を進める。

「本来ならお前の受け渡しは明日の予定だったはずだ。一体何があった？」

ホーリーは靴紐をほどきながら首を横に振った。

「私に聞かれても分からないわよ。こっちだってそのつもりだったわ。でも、気がついたら連中に追われて、あれよあれよと言う間にあの港に追い込まれたのよ。そこへあなたが来た。それだけ」

脱いだ靴を乱暴に投げ、ホーリーは座席の上で足を抱きかかえる。決して大きくない助手席の上で、容易く足を抱えられる彼女は想像以上に華奢な体つきをしていた。

小さく鼻を鳴らし、膝に顔を埋めた彼女は僅かに肩をふるわせている。港での一件を思い出しているのだろう。強がってはいても、中身は年相応の少女なのだ。

ツシマは気持ちの分だけ口調を弱めて続ける。

「連中は第四師団だった。バルガ帝国軍の正規部隊だ。そんな奴らに追われるとは。お前、一体何をしでかした？」

「あなたには関係ないでしょ」

ホーリーは突き放す言い方でそう言うと、口を噤んでしまった。ツシマは車の窓を少し開けて、ため息と一緒に煙を吐き出した。

バルガ帝国とは世界三大列強に数えられる大国だ。現存する国家で最も広い領土を持ち、軍事、経済あらゆる面で覇権を争う強国である。

そんな国から狙われるということが何を意味するのか。それが分からないほど、ツシマも無知ではない。

ツシマは面倒くさそうに咳払いを挟み、会話を再開する。

「まぁいい。何にしても、お前を亡命させるのが俺の仕事だ。これからの予定だが事前の計画通り、シェルンへ向かう。そこからは鉄道を使って中海沿いの国際港に行く。港からはエルバル行きの国際船に乗り込んで亡命する。分かったな」

「えっと、ちょっと待って。そんな急に言われても困るわ。もう一度言って」

ツシマが急に大事な説明を始めたので、ホーリーは慌てて身を起こした。そしてサンバイザーに挟まれた帝国全土の地図を見つけて引っ張り出す。

幾重にも折られた地図を広げて彼女は「確か、今はここよね」と呟いている。

遠目からでも分かるが、既に出発地点から間違えている。そもそも、地図が逆さになっていることにすら気が付いていない。

それでも真剣な表情で必死に地図上の地名を探す彼女に、ツシマは肩を落とした。運転席から腕を伸ばして、ツシマは地図の上に人差し指を添える。

「ここが今いる場所だ。バルガ帝国の最北の地。そして、これから向かう先のエルバル独立都市はここだ」

ツシマの指先が帝国領土の北西から大きく南に向かう。そして地図の一番隅で止まった。彼の指は海を隔てたさらに向こう側を示していた。

この世界はバルガ帝国を含む多くの国々が巨大な大陸の上に存在している。大陸の中心部には大きな海が存在しており、それを中海と呼んでいた。

そして中海の中心にある小さな島が、亡命の最終目的地であるエルバル独立都市だ。ツシマはそのままの流れで帝国地図の南端部分を指でたたく。

「国際港はここだ。出国手続きの時には偽造パスポートを使ってエルバルに入国。その後はお前の仲間『嵐の丘』の連中が、暮らす場所も身分も用意してるはずだ。とにかく、順調に事が運べば約三日で終わる」

『嵐の丘』は今回ツシマに仕事を依頼した反政府組織の名前だ。昨晩の港でホーリーを守るために命を散らしていた彼らも嵐の丘の構成員だった。本来であれば彼らとの間で十分な情報交換が欲しかったが、事情が事情だ。

ツシマは短くなった煙草を灰皿に押し込み、座席に身を戻す。彼の気配が遠のいてもなお、ホーリーは小難しい表情で地図と睨めっこをしていた。

そして何か疑問でも浮かんだのか、隣の彼を見つめる。

「あなた、この国の地理に詳しいわね。もしかしてバルガ帝国出身？」

「お前以外の大人は、大抵そのくらいの地図は読める」

「……嫌みな大人ね」

ホーリーはツシマの皮肉を正面から受けて、眉間にしわを寄せた。ツシマはその気配を感じて、真面目に答える。

「この国は初めてではない。むしろよく知ってる方だ。だから迷子にならないから安心しろ」

「別に、地図が読めても迷う時は迷うわよ」

　言葉の節々に棘のある言い方を残し、ホーリーは大きく欠伸を溢した。自らの小さな油断に気がつき、彼女は慌てて口元を押さえる。さりげなく今の様子を見られていないかツシマを見て確認してきた。

　もちろんツシマはその様子をしっかり確認している。彼は小さく肩をすくめた。

「しばらく追手は来ない。少し休め」

「別に、平気よ。少し寝ないくらい」

「夜に追手が来れば休めない。だから今のうちに休め、という意味だ。気を遣ってるわけではない」

　はっきりと突き放した言い方をするツシマ。その態度に彼女は不満げだったが、やはり眠たい様子だ。大きな目を何度か瞬きさせると、おとなしく座席をリクライニングさせた。

　思春期の少女が見せる独特な態度は扱いが面倒くさい。ツシマはため息を吐きたくなる気持ちを堪え、ハンドルを握り直す。

　しかし、ホーリーの態度はツシマの想像を超えてくる。彼女は横になって数秒もしないうちに身を起こした。

「なんだ？　寝心地が悪いのは我慢しろ」

「そうじゃないわ。いや、それもありはするけど。もっと重大な話よ」

ホーリーの態度に、ツシマは物憂げに彼女を見る。

「あなたのいる隣で寝て大丈夫という保証はあるの？」

ホーリーはさも当然という表情でそう言った。一体コイツは何を言っているのだ。ツシマはありありと感情を顔に出しながら言い返す。

「それは、どういう意味だ？」

「いや、だって考えてみなさいよ。今の状況って車の中とはいえ、得体の知れない男と密室で二人っきりなのよね。だったらあなたが私に何かする可能性だってあるわけでしょ？」

ホーリーは育ちの良い乙女らしい過敏さを示して、警戒心をむき出しにする。妙なところが理屈づいているのが余計に面倒くさい。ツシマは馬鹿馬鹿しいと天を仰いだ。

「生憎、こっちもお前みたいな小娘に欲情するほど愚かではない」

ツシマはホーリーを安心させるつもりで言った台詞だった。だがそれが裏目に出た。

ホーリーは自分に魅力がないと断言された上に、小娘と馬鹿にされたと二重の意味にとらえたらしい。頬を赤らめて言葉を詰まらせた。

「わ、私だってあなたが思うよりちゃんと！」

何かを口走りそうになった彼女を手で制して、ツシマは呆れて首を振る。

「それ以上はいい。お互いに聞いたことを後悔する前に、おとなしく寝ろ」

ホーリーは自分の胸元を手でさすりながら、奇妙な敗北感を漂わせる。別にツシマとしてもそこまで彼女をけなす気は無かったのだが、時すでに遅しだ。

無駄な精神ダメージを負った彼女は静かに座席に横たわった。それから少し間を置いて彼女が何やら呟く声が聞こえてくる。はっきりとは聞こえてこないが、恨み節を呟いている様子だ。

ツシマは静かに車のラジオをつけて聞かなかったことにする。状況にそぐわない気楽なカントリー音楽が流れる車内に、彼女の寝息が聞こえ始めたのは数分もしないうちのことだった。

＊＊＊

ツシマは数時間ほど車を走らせた先で、牧草地の奥に家屋の姿を見つけた。日の陰り始めた農道に車の進路を向けると、車の振動の変化にホーリーが目を覚ました。

彼女は眠たげに目をこすりながら身体を起こすと、何もない窓の外を見渡す。

「なに？　どこに行くの」

「今晩の宿を見つけた」

「宿？」

何もない牧草地を見渡し、ホーリーは首をかしげている。しかし、進んだ先で廃墟を見つけた彼女は絶句した。

「え？　まさか、宿ってここじゃないわよね？」

「そのまさかだ」

廃墟の前に車を寄せると、口を開けたまま建物を見つめるホーリーを残して、ツシマは先に車を降りた。

バルガ帝国に合併されて間もない北部地域では、こうした廃墟は珍しくはない。未だに侵略戦争の傷跡が多く残っている場所なのだ。うんざりさせる戦争の名残を見上げ、ツシマは廃墟に歩み寄る。

玄関先には鬱蒼と草が生えているが、見た目に反して柱などの造りはしっかり残っていそうだ。雪の降るこの辺りで潰れていないのであれば、一晩の宿には問題ない。

家を一通り眺め終えたツシマは、今度は追手の気配を確認する。周辺を見渡し、彼はホーリーに安全を告げた。

「大丈夫だ」

助手席でいかにも降りたくないという表情を浮かべるホーリーは、目の前の空き家を見上げて呟く。

「ねぇ、少し遅くなってもいいから、ちゃんとした宿に泊まらない？」

「帝国の正規軍が動いている。下手に町の宿を使えば、すぐに足がつく。そんなときは廃墟が一番使い勝手がいい。そういう判断だ」

「使い勝手とか、そういう話じゃないんだけれど」

未だに不安げに助手席から降りようとしないホーリーに、ツシマはさらっと告げる。

「野宿よりかは、ずっとマシだ」

「比較対象がおかしいわよ。比較対象が」

ぶつくさと文句を言いながらも、ホーリーは渋々車を降りた。足元の草を踏みしめながら、ツシマの後ろにぴったりとくっついてくる。

廃墟の中は思っていた以上に綺麗で、幾つかの家具も残されていた。軋む床板の上を歩きながらツシマは天井から床までくまなく観察していく。

「想像よりもいくらかはマシね」

ツシマの背中に隠れるように恐る恐る歩くホーリーが、言葉だけは強気に言った。

リビングに残されていたソファを指さしてツシマはホーリーに言う。

「あそこで休んでろ。俺は他の部屋を確認してくる」

「嫌よ。こんな薄気味悪いところに一人にしないで」

ホーリーは食い気味に言い返してきた。確かに外は西日の射す夕方だ。室内は目をこらさないと見えないほどの薄暗さである。薄気味悪いと言われれば確かにそうだった。

ホーリーはつんけんとした態度ではあるものの、明らかに怯えている。

ツシマは仕方なくホーリーの手を取った。そして自分の背中を摑ませる。

「別に何もないとは思うが、傍を離れるな」

「わ、分かってるわ」

お化け屋敷にでも来ているのか、というほど怯えるホーリーを連れてツシマは一階と二階の確認を終わらせる。扉を開くたびに目をつむり「開ける時は合図して！」と過敏に反応するホーリーは正直邪魔だった。

やっと全室を調べ終えた二人は、はじめのリビングに腰を落ち着けた。すっかり外は夜の暗さに浸っている。

ツシマは寝室から見つけてきた毛布をホーリーに手渡した。

「ありがとう」

素直にそう言い受け取ったホーリーは大きく身震いを一つして、ソファの上で体を小さく丸める。ツシマは月明かりの漏れる窓際に陣取り、外へ神経を向けた。

そんな彼の背中を見つめながら、ホーリーは少し心配げに声をかけてくる。

「ねぇ、あなたも少しは休んだら？」

「大丈夫だ。必要なときに休む」

「そう言って、もう丸一日以上寝てないじゃない。いざというときに倒れられても困るんだけれど」

これはホーリーなりの気遣いなのだろう。ツシマはそれに気がついていながらも、姿勢を崩さなかった。

「敵がこちらの位置を把握しているのであれば、仕掛けてくるのは夜だ。一度は正面から戦って負けている。次は奇襲戦に切り替えてくる可能性が高い。夜の闇は奇襲に最適だ」

「用心深いわね」

「そういう仕事だ」

ツシマはまるで他人事のように言うとホーリーへ視線を向ける。すると意外にも、彼女は敵意のない表情をしていた。何かを思い出すような、そんな遠い目をしている。

少し油断のある、少女らしい儚さを纏ったホーリーの表情。その顔つきが、どうしてだかツシマの記憶の中にいる彼女を呼び起こさせた。

顔つきも、性格も、どれを取っても似ていないはずだ。にもかかわらず、なぜだか頭をよぎった少女の姿がホーリーに重なり、ツシマは小さく舌打ちをした。

ツシマの心情を知りもせず、ホーリーは少し気を緩めた声色で話しかけてきた。

「ねぇ、ちょっと聞いてもいい？」

ツシマを窺うように彼女はそう切り出す。ツシマは窓の外を見たまま頷き返した。

「あなた、情報師としては七等位って言ってたわよね」

「あぁ。国際基準で七等位だ」

「それ、嘘でしょ。七等位なら情報師としては凡庸なはず。あなたは明らかに違うわ」

ホーリーは不満げに下唇を突き出した。なにやら嘘を吐かれていると感じている様子だ。

ツシマは事実だけを淡々と答える。

「これより上の等位試験は受けていないし、受けるつもりもない。そもそもエルバル独立都市の情報師は、独立戦争に参加した奴も多い。この国にいるような実戦経験の浅い連中よりかは腕が立つ」

「あなたも、その実戦経験者の一人ってこと？」

「そうだ」

どうやらホーリーもその説明で納得したらしく「ふぅ～ん」と軽い口調で相づちを打っていた。

情報師には能力に応じて『等位』という順位付けがされている。一から十までの等位は絶対評価による格付けがなされ、数が大きいほど上位を意味している。ボリュームゾーンは五から七までで、八等位より上位となると実力がある情報師とみなされていた。

だが近年、十段階評価では位置づけられない情報師が生まれ、十一から十三までの相対比較で格付けされる『格外等位』というものが規定されていた。

格外等位は、情報師の中でも人知を超える能力を持つ者にしか与えられない称号だ。最高階級である十三等位など、世界にたった二人しか存在していなかった。

「私の見立てだと、あなたは九等位くらいの実力はあると思うのだけれど」

そう口にしてから、彼女は更に付け加えるように口を動かし続ける。車の中にいたときとは打って変わり、彼女はよく喋った。

「情報師は科学で成しえることであれば、ほとんどの事を単独で実現できるって話でしょ。逆に言えば科学で解明されていない事は出来ないはず。あなたの技はちょっと現実離れしてるように見えたから、そこそこ腕が立つのだと思ったんだけれど？」

「妙に詳しいな。バルガは反情報師派の国だと思っていたが？」

「このくらいは基礎教養の範囲じゃない？　まぁ、私にも多少の事情があるってのはそうなんだけれど」

ホーリーはお喋りの余韻を残しながら、肝心な部分には触れないように言葉を濁す。その気配を感じて、ツシマはあえて話の深掘りを避けた。

「情報師も科学的根拠があるなら何でもできるという訳ではない。個々人の技量と、コード、を作るセンスがなければ何もできないからな」

「コード？」

ホーリーは少し困ったように聞き返してくる。どうやら、彼女にはどこかで聞いた情報の寄せ集め程度の知識しかないようだ。

ツシマは自分の口から出した言葉の手前、仕方なく説明をする。

「コードは脳内で構築する呪文のようなものだ。事象の科学的なメカニズムを解釈した上で、どのように運用するかをコードという形で頭の中にしまっている。公開されているコードもあるが、ほとんどの情報師は独自のコードを保有している。そいつの構築がシンプルなほど執行の時間は短くなり、負担も少なくなる。だからコード作りにもセンスがいる」

「へぇ～。そういうものなのね」

いったい、感心しているのか馬鹿にしているのか。ホーリーは間抜けな声を出しながら、平然と欠伸をかみ殺した。ツシマは彼女の様子を観察して、眉を寄せる。

「眠いならさっさと寝ろ」

「良いじゃない。もう少しだけ、話をさせて。今、寝ると嫌な夢を見そうだわ」

ホーリーは遠くを見つめるように眼を細め、ソファの上で寝返りを打つ。

確かに悲惨な一夜はついこの間のことだ。こうして彼女がやたらと喋るのも、不安の裏返しなのかもしれない。多少は付き合ってやるのも、心のケアの一環だ。

ツシマはホーリーへ目配せして、話すように促した。

「あなた、この国は初めてじゃないって言ってたわよね」

「あぁ。仕事で何度か来たことがある」

「それっていつのこと？」

一歩、踏み込んだ質問にツシマの表情に険がさす。だが、薄暗い部屋の中では彼の表情は見えなかったのだろう。ホーリーの他意のない瞳が、まっすぐにツシマを射貫く。

久々に見る純粋な瞳に、ツシマは感傷的な気分が湧き上がってくるのを感じる。一度蓋をした記憶から立ち上がる、かぐわしい香りだ。

自分を惑わせるその感情を消すために、ツシマはおもむろに煙草へ手を伸ばす。しかし、彼の思惑とは逆に煙草から立ち上がる煙は、ずるずると彼を過去に引きずり込んでいった。

きっとこの状況が昔を思い出させるのだ。そうでもなければ話すはずもない事を、ツシマは語り始める。

「十年以上も昔の話だ。この国に住んでいたことがあった。いわゆる傭兵稼業で帝国の言いなりに、あちこちの戦場を渡り歩いた。その時もこうして廃墟で寝泊まりしていた」

ツシマは瞼の裏に浮かぶ過去の記憶を思い出す。今まで様々なことを経験してきたが、それらの始まりは全てこの国での暮らしが基礎にあった。

人とのかかわりの作り方、情報師として生きていく術、敵の殺し方。

子供が身に付けるにはとても血生臭く、生々しいことを平然と覚えていった。そうでもしなければ生きていけない環境だったのだ。

「十年以上前ってことは、ジャバル奪還戦の頃よね？」

「あぁ。その戦争にも参加した」

「もしかして、エルバル独立戦争にも？」

「まぁ、そうなるな」

ツシマは曖昧に返事をした。

ジャバル奪還戦とは今から十二年前に、バルガ帝国内で情報師と政府の間で起こった大規模な内戦だ。情報師率いる反乱軍が一時優勢となったものの、最終的には反乱軍の内部に潜んでいた裏切り者によって空中分裂、大敗を喫することとなった。

生き残った情報師たちは国内外に潜伏し、四年後に再結成することになる。それが世界を相手に情報師の独立を求めて争った、エルバル独立戦争だった。

その経緯から、ジャバル奪還戦は、独立戦争の前哨戦と位置づけられる大きな戦争として歴史に名を刻んでいる。

「実戦経験って、そういう事だったのね」

ホーリの言葉が暗い部屋の中に、そっと呟かれた。ツシマは自嘲の笑いを浮かべると肩をすくめる。

「俺の世代では珍しくない話だ」

「生まれもこの国なの？　家族は？」

「俺は戦争孤児だ。生みの親も知らなければ、生まれの国も知らん。ただ、姉のような人はいた」

ツシマは自分で口にしていながら、心に刺さる小さな棘の痛みに気が付いた。替えの利かないほど大切なものであり、同時に思い出したくもない記憶が蘇ってくる。

　きっとツシマの感情が表情に露わになったのだろう。ホーリーが気を遣うように、優しい口調で声をかけてくる。

「大切な人、なのね」

　彼女はそう呟くと、胸元の何かを握りしめる。ツシマは彼女の様子を流し見て、静かに息を吐き出した。

「そうだったのかもしれない。だが、今ではもう分からない事だ」

「自分の事でしょ。どうして分からないのよ」

「その記憶は忘れたことにしている。思い出すには……辛い記憶だ」

　ホーリーは黙り込んでしまった。彼女も薄々だが、ツシマの言葉遣いの裏にある意味に気が付いていた。

「ごめんなさい、余計なことを聞いたわ」

　毛布の下から気まずそうな視線を見せるホーリーが、弱気に小さく言う。ツシマはいつも反抗的な彼女が見せる素直な謝罪と態度に、思わず頬を緩めた。

「別にいい。こんな事でもないと思い出せなくなった記憶だ」

「そう。でもそれって、ちょっとだけ寂しいわね」

「何がだ？」

「だって、大切な人の記憶も、だんだん消えてしまうってことでしょ？　なんだか切ないわ」

まるで何か自分の心の中にある思い出と重ねるようにホーリーは口にする。センチメンタルな話は嫌いだ。ツシマは煙を吐き出して、感情とは無縁な口調で返す。

「忘れることも大事なことだ。辛い記憶ほど、将来に響く」

「経験者は語るってやつ？」

「さぁな」

ぶっきらぼうに返したツシマの姿を見て、ホーリーは表情を和らげた。それから部屋の天井を見上げると、悲しげな目つきをする。

「つらい記憶を早く忘れてしまいたい時って、どうしてる？」

「なんだ。失恋でもしたのか？」

「そうじゃないけど」

茶化すように言ってくるツシマに、湿り気のある視線を向けたホーリーは小さな頬を膨らませる。それからやや真剣味を帯びた表情に戻った。

「私にだってつらい過去くらいあるわ。あなたほどじゃないかもしれないけれど」

決してその過去について話をする気はないのだろう。ホーリーは毛布に首まで潜ると、ツシマにも聞こえるくらいの大きなため息をついた。

「そもそも失恋の一つや二つでこんなに悩まないわよ」

「年頃の子供はみんな恋煩いで悩むものだ。同類かと思ってな」

「それこそ、経験者は語るってことじゃないの？」

ツシマは咥え煙草のまま、しばらく窓の外に視線を固定する。そして、黙って煙を吐き出した。微妙な沈黙に、ホーリーはにやりと笑みを浮かべる。

「図星ね」

「そういう時期は誰にでもある」

先ほどまで眠たげな表情をしていたはずのホーリーだったが、急に身を起こして表情を明るくさせた。少女は恋の話に敏感なのだ。

明らかに放たれる乙女の気配に、ツシマは面倒くさそうな表情をする。

「あなた、パートナーはいるの？」

「それを聞いてどうする」

「ただの興味よ。いいじゃない。こんな廃墟にいるんだもの。少しくらい浮ついた話でもしないと気分が落ちる一方だわ」

確かに、今日一日のことを考えると多少の息抜きはあってしかるべきだ。ツシマは珍しくホーリーの言い分に押し切られる形で苦々しい顔を作った。

「仕事も私生活も、一人の方が都合がいい。子供のお前には分からない話だ」

「へぇ～。独り身なんだ。顔は悪くないのにね。まぁ、問題は中身ってことかしら。分かる？

な、か、み」

ホーリーはここぞとばかりに仕掛けてくる。ツシマは何も言えず、咥え煙草のまま彼女を睨んだ。

「何よ。こっちも親切心で言ってあげてるのよ？　もう少し優しさを見せれば、モテるんじゃないってアドバイスしてるの」

「余計なお世話だ」

ツシマは短くなった煙草をもみ消し、ホーリーへ歩み寄る。そして毛布をつかむと無理矢理彼女の頭から覆い被せた。

「さっさと寝ろ。明日も早いぞ」

短い悲鳴を上げたホーリーは、毛布の隙間から目元だけをのぞかせてツシマを見上げた。勢いでお茶を濁そうとするツシマの姿を観察して、彼が本気で怒っているわけではないと分かったらしい。毛布の下で小さく笑う。

「あなたの事が少し分かったような気がするわ。話してくれてありがとう。ツシマ」

表情を見られないように背を向けたツシマに、ホーリーはそう言った。

ただの雑談をしただけで礼を言われるとは思ってもいなかったツシマは、居心地悪そうに顔をしかめて新しい煙草に手を伸ばす。

廃屋の外ではどこからともなく鳥の声が聞こえていた。

＊＊＊

それはホーリーが何度も繰り返し見る悪夢だった。

何事も起こりそうにない穏やかな日中。

本来ならあるはずのない銃声と悲鳴が屋敷の中に響き渡っていた。差し込む朗らかな日差しに相反して、目の前には血の絨毯が広がる。駆けつける男達は入れ替わり立ち替わり、次々と床の上に屍となり果てていた。

屋敷は戦場の中心かと見まごうほどに、血と硝煙の臭いで満たされていく。そんな渦中で、少女は全身に血を浴びながら呆然とその様子を見ていることしか出来なかった。

少女を救うために命を捨てた警護役の男達は、折り重なるようにして彼女の上に横たわる。彼らの肉の壁があるおかげで、彼女はまだ生きていた。

少女は全身を血の海に浸らせながらも、身を震わせることしか出来ずにいる。彼女の紅の瞳の先には、全ての元凶である情報師の姿があった。

それは、もはや人と呼ぶには能わず。今もなお正気を失ったように叫び、駆けつける応援の兵士達を殺し続けている。揺れ動く青白い二つの眼は、かつては少女を守ると騎士の誓いを交わした正義の証明であった。

しかし、それも過去のこと。何もかもが少女を裏切って、存在理由を変えてしまっていた。

少女は血溜りに落ちる幾本かの指に手を伸ばす。そこには彼女の騎士が、騎士の証として身につけていた指輪が落ちていた。

血にぬれた銀の指輪を握りしめ、少女は嗚咽を漏らす。

「どうして、騎士のあなたが、裏切るの？」

少女は潤んだ瞳を閉じ、両手で顔を覆い隠した。

もうこれ以上、悲惨な現実を直視することが出来ない。目を、耳を、口を、すべてを閉じて必死に嵐が過ぎるのを待つことでしか、彼女は正気を保てなかった。

「誰か、誰か助けて。お願い」

少女の祈りは誰にも届かない。それでも少女は祈り続けるほか無かった。この世を覆い尽くす邪悪な意思と、策略の地獄から彼女を救う事は決して楽なことでは無いのだ。

もし、それが出来る者がいるとすれば。その人物はこの地獄を見せる悪魔よりも、さらに邪悪な何かであるだろう。果たしてそれが人間と呼べるか否かは、知るよしもない。

ゆっくりと夢の中から覚醒していく気配を感じながら、ホーリーは誰かの声を聞いた。悪夢の底から彼女を引き上げるその声の導きに従って、彼女はゆっくりと現実の世界へと戻っていく。

＊＊＊

早朝。まだ地平線の向こう側が白み始めたばかりのような時間帯に、ツシマはうなされるホーリーを揺すり起こした。

「おい、起きろ」

額に大粒の汗を滲ませて一気に目を開いたホーリーは、大きく息を吐き出してツシマを見上げた。まだ夢の中と現実の境界が分かっていない様子で、大きく見開いた目を左右に揺らしている。

「随分、うなされていたぞ」

ツシマが心配げに語りかけると、ホーリーは重たそうに上半身を起こして首元の汗を拭った。

「よく見る、悪夢よ。大丈夫」

苦しげに眉間に指を当てると、かすれる声を絞り出す。

「そうらしいな」

いつもの事だと言い、暗い表情をするホーリー。彼女を見ながらツシマは余計なことを口にしない様にする。

騎士、裏切り、助けて。

うなされる彼女が口にしていた言葉だ。それらはどれを取ってつなげても不穏な単語の羅列でしかない。ツシマはホーリーという少女に見え隠れする影に気がつきながら、それ以上踏み込むことをためらった。

あくまで仕事の付き合いであるべきだ。なにか一線を越えてしまいそうな気配がするからこその予防線であった。

「ちょっと喉が渇いたわ。水を取ってくる」

そう言ってソファの上からホーリーが身を起こす。床の軋みと共にツシマは何かに気がついた。すぐにホーリーを制止する。

「どうしたの？」

不思議そうに首をかしげた彼女をそっちのけに、ツシマは屋敷の外へ意識を向ける。僅かに感じる情報因子の揺れ。実に馴染みのあるその気配に、ツシマは安堵感すら覚える。

「人の気配がする」

「追手？」

「あぁ。おそらく、情報師だ」

「え？　どうしてわかるのよ」

「第四師団にしては気配が少ない。それに、同業の勘がそう告げている」

ツシマはそう言いながら、自然と口元に笑みを浮かべていた。彼は意識していないのだろうが、その表情はあまり褒められたものではない。

ホーリーはその表情を見つめつつ、若干表情をこわばらせた。

「それで、どうすればいい？」

「正面は既に囲まれていて車には乗れないだろう。迎え撃つしかない。だが、情報師が相手となれば、お前を庇いながらとはいかない」

そう言いながらツシマは部屋の中を見渡した。どこか彼女が隠れるのに良い場所を探す。

そして灰の積もった暖炉に視線が留まった。

「嫌よ」

ツシマが何を言うのか先回りしてホーリーが拒絶を告げる。ツシマの意思決定に無意味に反抗している訳ではない。本当に嫌だという顔をしていた。

ツシマは大きなため息をついた。

「だってあそこは人の入るような場所じゃない。見て、灰だらけよ」

「耐熱煉瓦で囲んである。強度的にはあそこが一番だ。さっさと行け」

猫を掴むときのように首根っこを掴まれ、強引にソファから立たされたホーリーが冷たい視線をツシマに向けてくる。ツシマは顎で暖炉を指し示した。

「もう目と鼻の先まで来ている。急げ」

「後で覚えておきなさいよ」

何やら複数の感情を込めた捨て台詞を残して、ホーリーは暖炉の中に身を滑り込ませた。華奢な彼女の体は、難なく大きな暖炉の中にすっぽりと納まる。ツシマは一安心して、招かれざる客を待った。

ツシマは朝の一服を始めるために、ポケットから煙草を取り出す。それと同時に玄関の扉が開く音が聞こえた。続いて二人の気配が家の中に入ってくる。

床板を軋ませる革靴の音。ツシマはわざと居場所を告げるように、大袈裟に音を立ててオイルライターを擦った。

玄関とリビングを隔てる壁の向こうで、相手の足が止まる。ツシマはゆっくりと瞳を青く光らせて壁向こうの情報師と向かい合った。

「悪い事は言わない。そこで引き返せ」

壁の向こうの情報師たちへ、ツシマは最後の警告を伝える。それは警告と同時にツシマの情けでもあった。

だが、それも無意味だった。

ツシマの声から居場所を特定した情報師が、壁向こうでコードを執行する。青い光の残滓が見えたと思った次の瞬間、壁が勢いよく粉砕された。基礎的なコードで身体機能を向上させた情報師がツシマの懐へと駆けてくる。

粉塵を身に纏いながら接近する男は両目を青く光らせながら、鋭い目つきでツシマへ殺気をぶつけてきていた。

しかし、ツシマの視線は手前の彼に向いていない。

情報師が二人組でいる意味は、前衛と後衛に分かれて戦うためだ。こういった場合の前衛は陽動と盾の役割を持つ事が多い。より攻撃的なコードを執行するのは決まって後衛だ。

ツシマの予想通り、粉塵の向こうでもう一人の情報師が床に膝をついていた。女の情報師だ。彼女は体を固定して拳銃を構えている。そして、瞬き一つせず引き金を引いた。

激しい銃声の直後、放たれた弾丸に女の情報師が執行したコードが現象を付与させる。コードは弾丸に速度を付加し、加速した弾丸は大気との間で炎を発生させた。

本来であれば、その弾丸の速さは人間の反応できるものではない。だが、ツシマはその弾丸の軌道に合わせて右手を構えている。銃口から軌道を先読みしていた。

ツシマは右手に空気が歪むほどの熱気を纏わせ、弾丸の軌道を歪ませる。女の情報師が放った弾丸は、彼の頬にひと傷だけ残して背後の壁を破砕した。

奇襲を仕掛けた情報師たちの動きは完璧だった。だが、それでも状況はツシマの優位に大きく傾こうとしていた。

「ぬぐぉぉぉぉ！」

危機感を怒声で押し返すように男が叫ぶ。ツシマは即座に眼前の男へと対応を切り替えた。

弾丸を逸らした腕で、迫る男に拳を振り上げる。男も負けじと拳を返してくる。互いの拳が交差したかと思った次の瞬間、部屋の空気が揺れた。

激しい音と共に、ツシマの拳を喰らった男の情報師の体が大きくのけぞる。彼の拳はツシマの頬に当たっていた。

しかし、その対価として、彼の首から上は無残なほどに吹き飛び、何も残っていなかった。

ツシマは間髪を容れず、鈍い音を立てて膝をついた男の体を掴むと盾にする。

「くそ！　役立たずめ！」

女の情報師は同僚の死を見て腹立たしげに毒を吐き、コード執行も無いまま引き金を引いた。だが、屈強な男の体は弾丸を見事に受けきる。

「すまんな」

遺体の陰でツシマは彼を慰めるように呟く。そして瞳を青く光らせて女を窺い見た。

ツシマの青い瞳が遺体の陰から見えると、女の情報師もコードを執行する。だが、コード執行の速さにおいても彼女よりツシマが上手だった。

女の情報師が引き金を引こうとした次の瞬間、彼女の構える拳銃が赤く染まる。そして金属の塊であった銃身が、重力に従って曲がっていった。

「boom!」

身を隠していたツシマが炸裂音を口にした時、まるで時限爆弾を起動したように女の情報師が握る拳銃が暴発した。

激しく炸裂した拳銃に吹き飛んだ女の情報師は、床の上に倒れ込むと力なく動かなくなった。

ツシマはゆっくりと立ち上がり、二人の情報師が戦闘不能になったことを確かめる。彼の咥え煙草はまだいくらも灰になっていなかった。

あっと言う間の出来事に、暖炉から顔をのぞかせるホーリーは唖然としている。

「ツシマ。本当に、あなたって何者なの?」

情報師相手の立ち回り、コード執行の精度の高さ、そして二人の人間を殺めていながら平然としている態度。どれをとってもツシマという情報師は格が違った。

ホーリーの質問に対してツシマは煙を吐き出しつつ答える。

「どこにでもいるただの情報師だ。それでは不満か?」

「いや、不満ではないけれど」

「なら良い。まだ他の追手が来るかもしれない。さっさとここから出るぞ」

暖炉から出たホーリーは部屋の中央に寝そべる遺体からなるべく距離を取りつつ、玄関に向かう。その様子を見て、ツシマは吐息交じりに呟いた。

「死んだ人間をあまり見るな。飯がマズくなる」

やった張本人がそれを言うか。ホーリーは視線でツシマにそう伝えると、彼は鼻で笑いつつニヒルな笑みを口元に浮かべるのだった。

＊＊＊

この日は前日の曇天とは打って変わり、晴天が広がっていた。

前日からまともに食事もしていなかった二人は、道すがらのガソリンスタンドで買い込んだ食事で空腹を満たすことにする。

移動しながらの食事を考えていたツシマだったが、ホーリーが「食事の時くらいはのんびりしたい」という要求を頑なにするので、根負けして車を停めることになったのだった。

車を降りて広々とした空の下でホーリーは大きく背伸びをする。その隣でツシマは火の付いていない煙草を咥えてライターを取り出していた。

「ねぇ、あなたって本当に煙草が好きなのね」

呆れたように声をかけてくるホーリー。一瞬だけ彼女を見たツシマは咥え煙草のまま答えた。

「別に好きで吸っているわけではない。これは、一種の呪いだ」

「ニコチン依存を呪いなんてオカルトと一緒にしないで」

「いや、そういう意味では」

ツシマは弁解をしようとして途中であきらめた。別に話すようなことでもない。そう思ったのだ。

中途半端に言葉を濁したツシマにジトッとした視線を送るホーリーだったが、必要以上に何かを聞くことはない。彼はこういう生き物なのだという認識に至ったらしい。

車から取り出した食料品を持って、ホーリーは車のボンネットに飛び乗った。手に持った袋がやけに大きい気がするのは気のせいではない。彼女が何を買ったのか知らないツシマは、何となく興味本位で彼女の食事を流し見た。するると、紙袋の中から取り出されたのはどれもスナック菓子か、ジャンクフードか見分けがつかないようなものばかりだった。

ツシマが思わず顔をしかめると、偶然ホーリーと目があった。彼女は指先についたチーズの油を舐めながら、疑問符を頭に浮かべる。

「なに、どうかした？」

「もう少し、まともな食い物があっただろう？」

「え、だってずっと食べてみたかったんだから仕方ないじゃない」

ツシマの態度で自分の食事の選択がおかしいと知ったらしく、ホーリーは僅かに頬を赤らめる。彼女は見栄えを整えるかのように、幾つかのスナック菓子を袋に戻した。

それでもツシマの視線を感じ、ホーリーは口先をすぼめて言い訳する。

「身分的に、こういうジャンクなものが食べられなかったの。ちょっとくらい憧れもするじゃない。ましてや、全部手が届く場所にあれば全部食べたくなるわよ」

「まぁ、気持ちは分からんでもないが」

流石のツシマも、ホーリーの素直な言い訳を聞いて問い詰める気にはならなかった。

とはいえ、流石にひどい食事だ。ツシマは仕方なく自分の袋から野菜の入ったサンドイッチを差し出す。

「せめてこのくらいの野菜は食べておけ。あまり変なものばっかり食べていると腹壊すぞ」

「え、そうなの？　それは困るわね」

油と塩の効いたジャンクフードを頬張りながら、ホーリーはツシマの気遣いに短く礼を言った。

ケチャップを頬に付けながら美味しそうに舌鼓を打つホーリーの隣で、ツシマは久々に煙以外のものを口にする。

肩を並べて食事をするだけで不思議と互いの距離感が縮まるような気がする。そのせいもあるのだろう。珍しくツシマの方から話題を振った。

「お前、貴族の末子という話だったな」

「一応、まぁそうね」

頬の汚れを何度も拭いながら、ホーリーは歯切れ悪く答える。彼女が何かを隠しているという事ははじめから分かっている。

だが、ツシマが聞きたいことはそこではない。本題にスムーズに話を切り替えていく。

「嵐の丘とはどういう繋がりだ？　貴族が知り合うには、物騒な連中だと思うが」

一瞬、口元へ運ぶ手が止まり、ホーリーは短い思考時間を挟んだ。

「あなた、嵐の丘についてどのくらい知ってる？」

神妙な面持ちで尋ねてきたホーリーに、ツシマは簡潔に答える。

「バルガ帝国内で比較的大きな反政府組織、くらいの認識だ」

「間違ってはいない解釈、って感じね」

先ほどまでの間抜けな表情から一転、ホーリーは眉に力を込めて膝を立てた。

「嵐の丘とは亡命を依頼しただけの関係性よ。彼らはバルガ国内で行き場のなくなった人や組織を国外に逃がしたり、支援したりする仕事もしているの。国内の反政府活動の一環、って事らしいわ」

「バルガ帝国ほど統制の厳しい国で反政府活動をするような連中だ。よほどの繋がりがなければ接触も難しいだろう。どうやって彼らとコンタクトを取った？」

「それは、向こうから声をかけてきたのよ。私の状況を見かねて、近くで見ていた工作員が相談を持ちかけてきて」

ホーリーに嘘をついている雰囲気はない。だが、肝心な部分は隠し事をしている。尻すぼみに口調を弱め、最終的に自分の膝に口元をうずめてしまう。

「でもね、反政府組織とは言うけれど、悪い人たちじゃないのよ。もちろん時には暴力に頼ることもあるけれど、それはいつも正当な理由があるし。それにバルガ帝国には、国のやり方に対してどうしても反りの合わない人たちもいる。繰り返す侵略と併合の弊害よ。彼らはそういった人たちを助ける為にも存在しているの」

「お前自身が、嵐の丘の構成員ではないんだな」

「もちろん。私は、ただの依頼者よ」

　ホーリーの語る内容は多少の偽りが交じっていても、本質的なところで致命的な虚偽はなさそうだ。ツシマはそう考えながら、今後の方針を決めた。

「これは話すべきか悩むが」

　そう前置きしてツシマは続ける。

「どうにも追手の動きが引っかかる。亡命の経路は嵐の丘と俺たちしか知らない。にもかかわらずあらかじめ分かっていたかのように、大規模な部隊が港でお前を待っていた。それも国の正規軍が、だ。それに軍ほどの組織が動いているのに、次の追手は機動性の高いツーマンセルの情報師ときた」

　ツシマが言わんとしていることが伝わっていないのかもしれない。ホーリーは大きな瞳を開いたまま首をかしげていた。ツシマは仕方なくもう少し詳細に説明する。

「いいか、軍が待ち伏せるという事は、確実にお前が港に来ることを知っていたから出来ることだ。逆に言えばそれを撃退した後、連中はお前の位置を正確に把握できていない。だから、猟犬がわりに情報師を投入してきたという事だろう」

「じゃあ、なに？　敵は私たちの動きを事前に知ってたってこと？」

「そうだ。あまり考えたくはないが、嵐の丘に内通者がいるかもしれん。心当たりはないか？」

「内通者って、そんな」

ホーリーは不安げにツシマを見る。顔から血の気が引いていく彼女は、足元に視線を落として考え事を始めてしまう。その横でツシマは短くなった煙草を靴底ですり潰した。

「お前に消えて欲しいと思っている人間は、思ったより多そうだな」

食事はここまでとばかりに腰を上げたツシマは首を鳴らしながら、ホーリーの正面に立った。彼女はより一層不安の色を濃くした瞳で彼を見上げてくる。

「まずは怪しいところから情報を遮断する。今後は嵐の丘の協力は要請しないで進める」

「でも、それで亡命できるの？」

「確かに、相手は組織立って動いてくる。あまり悠長にはしていられないが、手立てはある」

嵐の丘という国内の内情に詳しい後ろ盾を失えば、じり貧になることは分かっている。最短のルートを強引にでも突破していく必要がありそうだった。

「幸い、この国にはいくらか知り合いがいる。手を借りれるか当たってみよう」

改めてホーリーと視線を交わし、ツシマは少しだけ気の抜けた表情をしてみせた。安心しろ、というメッセージを込めたつもりだが、彼女はまだ不安げだった。

「私の周りではいつも誰かが裏切っていくわ。誰もが私を利用して消えていく。あなたを信用しても、大丈夫なのよね」

ホーリーは胸元の何かを握りしめながら、消えていきそうな声で言う。彼女の問いかけに意味はない。嘘偽りを語ろうと思えばいくらでも騙すことができるからだ。

ツシマはホーリーにはっきりと伝わるように大きく息を吐いた。その態度に、ホーリーは険しい視線を彼に向ける。

彼女の純粋無垢な心を前に、ツシマは大人気ない言葉をぶつけた。

「簡単に人を信用するな。だから裏切られる。だが、一つ言えることがあるとすれば、俺の仕事はお前をエルバルに連れていくことだけだ。だから俺の事も変に信用したりするな。そんなもの、気持ちが悪くて鳥肌が立つ」

いったいこの男は何を言っているのだろう。ホーリーは理解できないといった様子でぽかんと口を開けていた。ツシマなりに彼女を元気づけようとした悪態だったのだが、それが伝わるほど二人の距離は縮まっていなかったらしい。

バツが悪そうに運転席に戻るツシマを見つめて、ホーリーは何となく彼の配慮に気が付いた様だった。最後には、少しだけ元気を取り戻し、口元に微笑みが見えていた。

# 二章

首都バルガ。品のある書斎の窓から見える空は、重たい雲が流れていた。部屋にたたずむ一人の男は金の髪をかき上げて、荒い吐息を溢した。

「まったく。嵐の丘も第四師団も使い物にならんな」

そう言って片手に持った電報の紙切れを握りつぶすと、彼は猟奇的な目つきで振り返る。

その視線の先には、見事な軍服を着た少年が立っていた。

らんらんと光る明かりの下で、彼もまた主人と同様に血を好む目を上げる。

「所詮、事情も知らぬ末端の駒ですよ。屑らしい仕事っぷり、という事ですかね」

青色をした長い前髪を揺らし、少年は憎たらしげに呟く。それは皮肉や悪口という類いではなく、本心からの言葉だったらしい。

しかし、彼の主はその悪態に釘を刺す。金髪の男は少年の言葉を聞いて目を見開いた。真っ赤な瞳が少年に向けられ、彼は少しだけ表情を濁す。

「愚鈍な屑どもでは仕事もままならん。お前が行け」

「よろしいのですか？」

疑問を問いかけていながら、少年は今にも歯を見せんばかりに口角を上げた。金髪の男は腹立たしげに鼻息を出し、握りつぶした紙を屑籠に投げ捨てた。

「構わん。予定通り事が進めばそれに越したことはない。だがこれ以上、猶予が無いことも事実だ。抵抗するようであれば殺せ。それでも結果としては十分だ」

主の命令を聞き、少年はその場で深々と頭を下げた。そして粘着質な笑みを浮かべる。

「確かに。事は主のお望み通りに」

オーダーを聞き入れ、少年はすぐさま部屋を後にする。彼の嬉々とした背中を見送った金髪の男は、憎々しげに呟いた。

「屑は屑同士、潰し合うといい。そのための首輪だ」

＊＊＊

シェルンの街は帝国内でも有数の交通拠点だ。鉄道、港運、道路、航空といったあらゆる公共交通機関が集中する近代都市だった。

ツシマは通り沿いに並ぶ公衆電話で電話をかけ終えて、受話器を戻した。綺麗に舗装された片道三車線の道路。真っ直ぐに延びる道路沿いには石造りを模した近代的な建物が立ち並ぶ。

行き交う人々はどこか民族的な雰囲気を持ちつつも、スーツやコートといった服装が目立った。

「ツシマー。こんな感じになったんだけど、どうかしら？」

人通りの多い道の上で、ツシマは呼び止められた。徐に咥えていた煙草を箱に戻して振り返ると、学生服調のプリーツスカートに彩飾の入ったブラウス姿のホーリーが立っていた。

「ちょっと学生みたいでいいでしょ。着てみたかったのよね、こういう服」

似合っているかどうかはさておき、本人はご満悦の様子だった。

確かにホーリーの年齢であれば一度は学生服に袖を通すのが一般的ではある。一般庶民に憧れる貴族というのは珍しいが、こういった趣味嗜好もあるのだろう。

ツシマは彼女の姿をまじまじと見つめる。

「服装はいいが、目立ちすぎだ。無駄に容姿が良いせいか。面倒だな、パーカーコートか、カーディガンか、何か重ね着をしろ」

「嫌よ。折角可愛い服にしたのに。それに何よ、無駄に容姿が良いって。褒めてるの？　けなしてるの？」

「どっちでもない。単純に目に付くと言っただけだ」

確かに、ホーリーの容姿は日の下で見ればさらに美麗になった。モデルさながらのプロポーションに、整った造形の顔つき。色白の肌に、瞳の青は晴天の空を思わせる透明度だ。やたらと目立つ、嫌な警護対象そのものだった。

「あの店で身体のラインと髪、それに顔を隠せるような上着を買ってこい。デザインはなるべく目立たない物を選べ」

　ツシマは注文を付け加えつつ、ポケットからしわくちゃの紙幣をホーリーに手渡す。彼女は不満気にそれを受け取ると、なぜだか紙幣を握ったままその場に立ち尽くしていた。

「どうした？」

「そんなに注文付けるならツシマも一緒に来ればいいじゃない。どうして私一人で行くのよ」

「服を選ぶセンスがなくてな。条件さえ合えば、お前の好きなように選べばいい。それだけのことだ」

「確かに、ツシマってそういうセンスはなさそうよね」

　ホーリーはツシマの服装を足先から首元にかけて観察した。彼女は大きく息を吐き出し、肩を落とすと「まぁ、いいか」と言い残して店へと駆け出していった。

　ツシマは彼女の背中に念押しの言葉をかける。

「おい、好き勝手に服を買うのは良いが、要件を忘れるなよ」

　彼の声にホーリーはスカートの裾を靡かせながら振り返る。

「同じ物をもう一着買え、でしょ？　分かってるわよ！」

　子供ではない。いちいち要件の確認をしてくるな、と言わんばかりにホーリーは言い返してくる。そして最後に小さな舌先を突き出して店の中に駆け込んでいった。

　ツシマはなんとも言えない気持ちを感じつつ、一度しまった煙草を咥え直す。火をつけると、漂う煙に通行人の何人かが嫌悪感をあらわにツシマのことを睨みつけていった。

「よう。こんなところで待ち合わせとは、お上も驚きだろうよ」

ちょうど煙草がフィルターを焼き始めたころ、ツシマに声をかけてくる男がいた。大きな体格に黒い肌。ツシマとは対照的にオーバーサイズのカジュアルな服装をした男は白い歯を見せて笑っていた。

「久々だな。ジョー」

「その名前で呼ばれるのは何年ぶりだろうな。一応、裏の仕事からは足を洗ったんだぜ」

「悪いな。また裏の世界に足を戻させて」

「そんなこと言うなよ、ブラザー。あんたから連絡が来るなんて珍しすぎてパンツがびしゃびしゃになったぜ」

陽気に笑う男は通称ジョーと呼ばれる男だった。昔、ツシマがまだこの国にいた時に付き合いのあったエージェントの一人だ。

久々に聞くジョーの軽口に、ツシマは懐かしさを含めて微笑み返す。

「で、荷物を運んでるんだって？　どこにある？」

「ご機嫌にお買い物中だ」

「買い物？」

ジョーがツシマの視線をたどって店の方に視線を向ける。そして、呆れたように首を振った。

「荷物ってのは、あのお嬢ちゃんの事か？」

「そうだ」

「こりゃ、他の準備も必要そうだな」

「だからお前に頼んだんだよ。報酬は約束通り、前金で半額支払う。準備に金が必要ならまだ上乗せできる」

ツシマはそう言うと、ジャケットの裏から札束のぎっしり入った封筒をのぞかせる。ジョーはそれを見ると茶化すように口笛を吹いた。

「そんだけの金が出せるって、あのお嬢ちゃん何者だ？」

「さぁな。それを知ったところで、俺たちのするべきことは変わらない」

「依頼を遂行するだけ、ってか。素っ気ねぇな。あんな美人を連れて下心はこれっぽっちもないってのか？」

「馬鹿言え。美人でもガキはガキだ」

ツシマは鼻で笑うと新しい煙草を咥えて火をつけた。煙を吹かしながら店の中で鏡に向かって服を合わせているホーリーを眺める。

ジョーはその視線の先をたどり、「あ～あ」とため息のような声をこぼした。

「お互い年取ったな。昔はあんたがあのくらいの年だったのによ」

ジョーの言葉には、表には出さない別の意味がこもっていた。

どうしてもあの年頃の少女を見ていると、思い出してしまう。いつもツシマの隣にいたあの少女の姿を。

「思い出話はまたの機会にしよう。ここからはビジネスの話だ。電話で話した例の人形のことだが」

ツシマが途中まで話すと、ジョーが割り込むように彼の前に人差し指を突き出した。

「もちろん準備は万端さ。何より聞いて驚くなよ」

前置きにしてはやけに自信満々に語ると、ジョーはこれから見せる道具について意気揚々と説明を始めた。

＊＊＊

シェルンの街の中央には、バルガ帝国全土に広がる鉄道網の中心である巨大な鉄道駅がある。駅はレンガ造りの旧館と、曲線を多用した近代的な新館が融合した素晴らしいデザインをしていた。

吹き抜けの高い天井が印象的な館内では、多くの人が歩き回る。その中央には巨大な広告モニターが煌びやかに輝いていた。

『シェルン駅へようこそ。当駅は帝国全土に延びる全ての鉄道の拠点となっております。お困りの際はこの制服を着た職員へお声がけください』

この国で有名な女優が駅職員の制服を着て微笑んでいた。バルガ帝国のプロパガンダによく利用されている女優だ。

ツシマは帽子を目深に被ったホーリーの手を引いて、モニターの前を横切った。

「視線は常に床に向けろ。周囲は気にしなくていい」

ホーリーの手を引きながらツシマは足早に歩いていく。彼女の歩幅に合わせた最速の早歩きで、ツシマは周囲に視線を配る。

さっきから数人の男が目に付く。完全にプロの動きでこちらを尾行してきている。どの段階で位置が特定されていたのかは分からない。しかし、徐々に包囲網を狭められていることだけは確かだ。

「少し急ぐ。足元に気を付けろ」

ホーリーに語り掛けてツシマはさらに歩調を速める。

二人が乗る予定の列車が出発するまで、残り三十分を切っていた。

背後からは三組の追手が人ごみに紛れながら、確実に二人を追い詰めてくる。

どこか見晴らしのいい場所から監視している人間がいるに違いない。ツシマは視線を上げて駅内を見渡す。

レンガで組まれた柱や、頭上を跨ぐように延びる金属の梁に設置されている監視カメラが目にとまる。

「あれか。これは、どうあがいても追い込まれるな」

目に見える追手は鹿狩りの犬のようなものだ。連中はわざとツシマに存在を気づかせて追い立てている。仕留め役は別にいるはずだ。

ツシマはホーリーを連れて改札を抜ける。すると他の男たちが踵を返して人ごみの中に消えていく。

スイッチだ。

駅構内に前もって配置されている仲間と尾行を切り替えたのだ。

他の尾行班が傍にいるはずだ。周囲を素早く見渡し、ツシマは向かうべき先にいる数人に目がとまる。人込みの合間から見える彼らの視線は、真っ直ぐにツシマへ向けられていた。

「乗る列車も調べが付いてるか」

彼らは、ツシマを見つけるとこちらへ向かって来た。ツシマは背を向けて正規のルートを断念する。

売店の横を抜けて、清掃員が出てきた銀色の扉へ体を当てる。それは従業員通路への扉だった。

アルミ製の軽い扉を押し開けると、無機質で飾りのない従業員通路に出る。通路の先から気配を感じたツシマは一度足を止めた。

通路の角から姿を現したのは、ただの職員だった。ツシマはすぐに歩調を戻す。職員は彼を見ると困惑した表情を浮かべつつ歩み寄って来た。

「すみません。ここは従業員用でして」

職員は申し訳なさそうな口調で言ったが、ツシマはお構いなしに彼との距離を詰める。そして、目にも留まらぬ速さで職員を組み伏せて失神させた。

職員を床に優しく横たわらせ、彼の胸元に付いた無線を開く。

「不審な男たちを発見。従業員通路三の四、入り口付近だ。援護を要請する」

砂嵐の向こうから数人の返答を確認し、ツシマは再びホーリーを連れて先に進む。その背後で荒々しく扉の開く音が聞こえた。追手の男たちだ。

ツシマは振り返りもせず、一番近くの角を曲がった。追手にあえて背中を見せたのには理由がある。

追手の男たちは標的を前にして懐の拳銃を抜こうと構えた。その瞬間にツシマと入れ替わるように別の通路から応援の職員たちが駆けつける。

「不審者を発見！　確保する」

ツシマの思惑通り職員たちが互いに連絡を取り合う声が聞こえてくる。一人の職員が倒れているのを見て、彼らも本気で追手の男たちと対峙し始めた様子だ。

これで多少の時間稼ぎは出来る。ツシマは事前に頭に叩き込んだ館内の地図に従って、とある部屋の前で立ち止まった。

鍵のかかった部屋の錠を焼き切り、扉を強引に開ける。

「よし。お前は今から指示する列車に乗り込め。なるべく人込みを利用しながらだ。いいな」

ホーリーに指示を出すとツシマは切符を手渡す。行き先は首都バルガ。予定している列車のものだ。

一枚だけの切符を受け取り、ホーリーは頷いた。そしてぱたぱたと足音を響かせて走り去っていく。その背中を見送り、ツシマは先ほど開けた部屋の中に姿を消した。

＊＊＊

第四師団の男たちは、従業員通路に消えたツシマたちを追っていた。監視カメラも従業員通路にはつけられていない。当然ツシマはその事を知ったうえで、道を選んでいるはずだ。

司令部では現場の尾行班と無線連絡を交わしながら、複数並ぶ画質の悪い監視カメラの映像を睨んでいた。従業員通路の構造を確認した彼らは、全ての尾行班を出口に配置した。

その判断のおかげもあり、現場チームはすぐにホーリーの姿を見つける。

無線がノイズとともに状況を伝えてきた。

『こちらC班、標的を確認。追います』

「了解。まだ殺すな。人気のない場所まで追い込め」

男たちの冷徹な口調に迷いは一切ない。

「同行者の位置を特定しろ。まだ駅内にいるはずだ」

司令塔となる男の声が無線に乗る。

『こちらF班、同行者を確認。標的とは別の方向へ移動しています』

「了解。油断せずに追尾。標的に近づくようであれば殺せ」

司令官の命令にF班は短く答え、ツシマの姿を追いかけ始めた。

列車の発車まで残り数分という時間にもかかわらず、ツシマは明後日の方向に向かっていた。

司令官は彼らが二手に分かれたという行為と、ツシマの行動に違和感を覚える。

「なにか妙だ」

司令官が、疑問と共に顔を上げる。その視線は駅の監視カメラの映像だ。

目の粗い画面には、人込みを避けながら進んでいくジャケット姿の男が映っている。司令官はしばらくその背中を見つめながら、はっと気が付いた。

歩き方の特徴が微妙に異なっていた。ツシマにはどこか気怠さを匂わせる動きと合わせて、奇妙なほど警戒心を見せる視線の動きがある。

しかし、映像に映っているツシマにはその動きがない。司令官は無線を開いて声を荒らげた。

「F班。そいつは別人だ！」

司令官の叫びと時を同じくして、突然ツシマの服を着た人物がその場に倒れ込んだ。駅の構内が一斉にざわつき、人の波が裂けていく。はっきりと床が見えるほど開けた空間の中心に横たわったツシマを見て司令官は目を疑った。

どうやら一杯喰わされたらしい。ツシマらしき人物は、徐々に表皮が青い発光と共に剝げていく。その下から現れたのは人の骨格を模した金属製の人形だった。

偽装人形——複数のコードを組み合わせて作る高度な道具であり、非常に高価で滅多に世間に出回らない道具である。

「情報師め!」

司令官は忌々し気に叫んだ。

はじめからこの展開を想定した上で準備されていたに違いない。

司令官は悔し気に無線に告げる。

「F班は尾行を中断。奇襲に注意しながら撤収準備に入れ」

先んじて迎え撃つ準備を進めていたはずの第四師団だったが、蓋を開けてみればツシマの手のひらで踊らされていた。

しかし、その焦りに拍車をかけるように現場からの報告が入る。

『標的が列車に乗り込みました。どうしますか?』

「同行者は標的の周辺に隠れている可能性が高い。尾行班は全員、標的の付近に集合しろ。全員で列車に乗り込め。絶対に逃がすな」

司令官はモニターに映し出されるホーリーの背中を睨みながら、強気の指示を出した。

命令に従って発車直前の列車に尾行班たちが飛び込んでいく。その数は二十人を超え、あっという間にホーリーの乗車する車体は包囲される。

列車は駅内のアナウンスに従い、定刻に発車した。尾行班の全てに厳重な警戒を言い渡し、司令官は報告の無線に耳を傾ける。

『発車しました。これから行動に移ります』

部下たちの判断にゴーサインを出し、司令官は固唾をのんで彼らの動きを見守った。

列車の中は個室になっている。共有スペースの通路を厳つい男たちがゆっくりと進んでいく足音が聞こえてくる。一同が一つの部屋の前に集まった。もうどこにも逃げ場などない。

合図を交わした直後、一気に部屋の中に男たちがなだれ込む。そして消音機のついた銃声が何度となく続いた。

発砲音が止み、しばらくの沈黙が流れる。何かを掴み上げるような音が、司令官の胸に一抹の不安を呼び起こす。その不安はすぐに現実のものになった。

『やられました。これも、囮です』

客室の中で横たわっているであろう偽装人形を思い浮かべ、司令官は荒々しく机を叩いた。

「総員撤収準備。我々の仕事はここまでだ。あとは彼に任そう」

司令官は同じ部屋に居合わせる仲間たちへ目配せをする。そして憎々し気に虚空を見上げて呟いた。

「まったく、不本意ではあるがな」

＊＊＊

『この列車は寝台特急シュビランド経由、タンセン行きです。乗車には乗車券の他に寝台特急券が必要となります』

車掌のアナウンスが流れる列車は、すでに都市部を抜けて運河沿いの田園風景の中を走り抜けていた。モダンな造りをした車内では乗り合わせた多くの乗客たちが思い思いに時間を過ごしている。

その一角、数人掛けのボックス席に座る一人の老婦人が車掌を見つける。

「すみません。この切符なんですけれど」

取り出した切符を掲げて老婦人は車掌を呼び止めた。しかし車掌はどこか冷たい目をしている。車掌は老婦人を見下ろすと、切符を持った彼女の手を押しのけた。

「悪いが、別の車掌に聞いてくれ。俺には分からない」

「え～っと、それはどういう意味でしょう？」

老婦人は丁寧に聞き返した。だが、車掌は何も答えず帽子を脱いで前髪を揺らす。その車掌は、ツシマだった。

「車掌はやめだな。妙な誤解を招く」

ツシマの独り言に老婦人は首をかしげる。彼女の態度を置き去りに、ツシマは僅かに開いた窓の隙間から帽子を放り捨てた。そして老婦人の視線に肩をすくめてその車両を立ち去っていく。

彼は追手から逃れるために駅員の制服を盗んで着ていた。加えて他に準備していた陽動もうまく機能したらしく、ツシマを追う人物は誰一人としていなかった。

制服のネクタイを無理やり緩めつつ、ツシマは予定の車両に向かう。車両の連結部分に到着すると、アナウンスが響いた。

『次の停車駅は東シェルン駅、まもなく停車します』

寝台特急はゆっくりと速度を落としていく。巨大なシェルン駅から東に二十キロほどに位置する東シェルン駅。シェルン駅とは対照的な野ざらしのホームが車窓に流れた。

数人の乗客がいる中で、見覚えのある二人を確認してツシマは安堵した。列車の扉が開くと、彼は顔を出して合図する。

ホーリーは一足先にジョーの車でシェルンを出ていた。ツシマ単独で第四師団を攪乱し、この東シェルン駅で合流する手はずになっていたのだ。

ツシマの姿に真っ先に気が付いたジョーが手を上げて近づいてくる。

「よう！　首尾はどうだ？」

「連続駆動時間がやたら延びたな。感心した」

「だろ？　お前と会わなかった十年間に改良を重ねたんだよ」

嬉しそうに笑うジョーがわざとらしく胸を張った。ツシマも口元を緩めて「十年は言い過ぎだ」と溢した。

駅で囮に使用した偽装人形はジョーお手製の品だった。おそらく偽装人形の製造では世界有数の才能を持つジョーにしか作れない特注の道具だ。

仲良さげに言葉を交わす二人だったが、隣に立つホーリーは不満気だ。そういえば彼女には作戦の詳細をまともに話していないことを思い出す。

ツシマは少し気まずそうに咳払いを挟んだ。

「それで、大丈夫なの？」

ツシマと視線が交わり、ホーリーは言った。

「予定通り順調だ。後はこいつに乗れば、明日には中海に着く」

青い車体の列車を叩き、ツシマはホーリーに手を差し伸べる。

「だったら、別にいいけど」

どこかまだ不満を残しながら、ホーリーは彼の手を摑み、列車に飛び乗った。

そんな二人のやりとりを微笑ましげに眺めていたジョーは、ツシマの車掌姿を見て大袈裟に手を叩く。

「あぁ、そうだ。コイツを忘れるところだった。トレードマークのジャケットだ」

そう言ってジョーは手に持った荷物からジャケットを取り出す。

「いつまでも車掌姿って訳にはいかないからな。助かる」

「あぁ。でも、その格好も悪くないぜ」

お得意のジョークを織り交ぜてくるジョーを見て、ツシマは苦笑いを返した。そしてその場で服を着替えると、ポケットから金の入った封筒をジョーに投げて渡す。

「約束の報酬だ。これでしばらくどこかに身を隠せ。いつかまた、お前の世話になるだろうからな」

「おいおい。約束より多くないか？」

「今、言っただろう。また世話になると」

「その手付金ってか？　良い根性してるぜ。お前も気を付けろよ」

列車が出発を告げる汽笛を上げる。ホームに残されたジョーは、最後に少し名残惜し気に二人を見た。

「お前が仕事なのにここまでするとはな。なんだか、懐かしい目つきに戻ってて安心したぜ」

「懐かしい目つき？」

ツシマが問い返すと、ジョーはホーリーを指さした。

「今度は、最後まで守ってやれ。今のお前なら——」

彼の声は、閉まる扉に遮られて最後まで聞こえなかった。

ジョーは閉まった扉の向こうで軽く手を上げて別れの挨拶を残す。列車が動き出すころには、彼は背を向けて立ち去っていった。

走り出した列車の中でジョーの背中を見送っていると、ホーリーがツシマを見上げていた。

「どうした？」

「さっきの、『今度は』ってなに？」

「さぁな」

去り際に面倒な一言を残しやがって。内心悪態をつくも、ツシマはジョーの指摘を否定しきれずにいた。バルガ帝国でこの年頃の少女と来れば、自然に感情を重ねてしまう。

「どうでもいい昔話だ。いつまでも突っ立ってないで、さっさと行くぞ」

「またそうやって誤魔化す」

背中にホーリーの追及の言葉を受けながらも、ツシマは車両の中に入っていった。

ツシマは自分の切符を確認して、個室の二等客室を目指して歩き出した。ホーリーは寝台列車に乗るのが初めてなのか、車内を見回しながら観光気分でツシマの後に付いて来る。

「ねぇ、ここは個室になっているのよね。だったらお風呂やトイレもあるのかしら？」

実に呑気に言いながら「他の客室は見れないの？」などと口にしている。ツシマは呆れながら彼女に口チャックのジェスチャーを送った。

「この列車が絶対に安全とは限らん。油断するな」

「なによ。追手は振り切ったんじゃないの？」

「そうとも言い切れん。情報師の追手が大々的に出てきたら、想定が変わる」

ツシマは車両を進みながら背後のホーリーへ視線を送る。その眼つきを見て、彼女も多少は緊張感を取り戻したようだ。

車内の案内図を見ると、二人の個室に向かうには食堂車を抜ける必要があるようだ。食堂と聞いて目を輝かせるホーリーを連れて、ツシマは目的の車両へ乗り込む。

食堂車は壁や仕切のない広々とした造りをしていた。白いテーブルクロスがかけられた机がいくつも並ぶ。そこには人の気配がほとんどなく、食器の揺れる音と車両の走行音以外に音らしいものは何も聞こえてこない。

だが、ツシマは感じていた。シェルン駅に入った時に感じていた視線と殺気だ。

ツシマはゆっくりとホーリーを背中に隠した。

「姿を隠すなら、その殺気をどうにかしたほうがいい。その辺のロバでも気が付く」

ツシマの挑発に、車両の中央部に設けられたカウンターの陰から一人の少年が姿を現した。青い髪色に色白な肌をした少年は、小さいながらに立派な軍服を着込んでいた。中性的な顔立ちはまだ幼さを残し、同時に歪な内面を示すような邪悪な目をしている。

彼の身に着ける紺色に臙脂色の刺繍が入った軍服は、高位な軍人にのみ許されたものだ。業界に精通しているツシマともなれば、彼の服装が何を示すのか理解するのに時間は要らなかった。

「……六帝剣か」

ツシマは眉をひそめながら目の前の少年を見つめる。少年は傲慢な笑みを浮かべながら手を叩いてみせた。

「エルバルの田舎者にしてはよく知っているじゃないか。いかにも、僕が帝国の誇る最強の情報師の一人、六帝剣のカヌス・ミーレスだ」

年にすればまだ十四、五歳にしか見えない少年は、胸を反らせて自らの胸に手を当てた。自尊心を見せつけるかのような態度であった。

六帝剣。それはバルガ帝国内において政治的に無視できないほどの実力を持つ情報師に与えられる名誉ある肩書であり、帝国に仕えさせる為の首輪でもあった。

彼らはたった六人で構成されている集団だが、半数以上が格外等位の情報師であり、その実力は単身で一個師団に匹敵するといわれる。文字通り帝国最強の戦力である。

しかもたちが悪いのは、このカヌスという少年だ。ツシマはまだ幼い少年を前にしながら、今まで見せたことのない緊張感を漂わせる。

「お前が、帝国北部の侵略前線で名を上げた、あのカヌス・ミーレスだと？」

「そこまで知ってるのかい。感心だね。でも情報は正確であるべきだ。正しくは、十年近く膠着していたバルガ帝国北部侵略前線を、単騎でたった三ヶ月の間に蹂躙した十一等位情報師のカヌス・ミーレスだ」

憎たらしくも、自らの功績を言い放ちカヌスは背筋を伸ばす。だが、彼の功績は本物だ。そんな情報師がここにいる。それが一体何を意味する事なのか、ツシマには痛いほどに理解できた。

ホーリーを狙う敵というのは、バルガ帝国の栄華を独り占めする皇族だという事だ。そうなれば自然と第四師団という正規軍が動いていたことにも納得がいく。

ツシマは背後に隠れるホーリーを見た。彼女は申し訳なさそうに視線を床に落としながら、ツシマのジャケットを握りしめていた。

「それで、えっと君はエルバル独立都市のツシマ・リンドウ七等位情報師と言ったっけ？」

カヌスは全くの無防備な格好のまま、指先に摘まんだ紙切れを読み上げる。油断など七等位と十一等位の実力差の前には全くの無意味なのだ。

そう分かっていても、ツシマは背後のホーリーを安心させるためにいつもの調子で言い返す。

「そうだが、何か？」

「こんな遠くまでご足労だったねぇ。君、ここまででいいよ。これ以上、邪魔をされると困るんだよね。だから、大人しくそこにいる女を引き渡せ」

カヌスはテーブルに腰かけると、ホーリーを指さした。気怠そうにするカヌスと視線が合い、ホーリーは下唇を噛みしめる。二人は初対面という訳ではなさそうだ。

　ツシマは両者の様子をうかがいながら、ポケットから取り出した煙草を咥える。

「これ以上、邪魔をされると困る？　彼女の亡命が皇族にとってそこまで不利になるのか」

「おや。その口ぶりからすると、君はその女が何者か知らないのかな？　へぇ～」

「護衛対象が多少の嘘をつくことはよくある話だ」

「多少の嘘、ねぇ」

　口元に運んだライターが、煙草に火を灯す。煙を吐き出すツシマの姿を眺めてカヌスは粘着質な笑みを浮かべた。

「大丈夫かい？　ビビッて手が震えてるじゃないか。そんなに急いで煙草を吸わなくても、大人しく尻尾を巻いて逃げれば見逃してあげるよ。君が庇っているそこの女さえ渡せばね」

　煙草の灰を床に落とし、ツシマは目を細める。いつもならば、ここで言い返す言葉があってもいい。だが、さすがのツシマも六帝剣を前にして、その余裕はなかった。

　緊迫する二人の様子を楽しむように、カヌスは微笑んで顎を突き上げる。

「まったく、どうやら本当に彼女から話を聞いていないらしい。でなきゃ、そんなアホ面もしてられないだろうに。いい加減に本当の事を話してあげたらどうです？」

　カヌスはヘビのように冷たく鋭い視線をホーリーに向けた。彼女はツシマの背中で肩を丸めて体を小さくする。

警護の仕事では、依頼人が重大な情報を秘匿していた場合、契約を解除されることがある。それを分かった上でカヌスは最も効果的で重い事実を口にした。

「君は、その女がバルガ帝国皇帝のご息女、〝ルプス・フィーリア皇女〟だと知ってもなお、亡命なんぞに加担するのかい？」

カヌスは勝ち誇ったように言った。

突如挙げられた大物の名前に、ツシマの表情が変わる。背後の少女へ動揺で揺れる視線を向けた。

「皇帝の娘、だと？」

信じられない、と言葉をこぼすツシマ。彼の声にホーリーは悲痛な表情を浮かべる。彼女の仕草は、カヌスの言葉が真実であることを物語っていた。

世界の覇権を握る帝国の皇女。そんな人物の運命を背負わされていたとは。ツシマは背中を流れる冷たい汗を感じた。久々に踏み込む死地の臭いに、思わずツシマは顔をしかめる。

「こいつは、想定外過ぎるな。対応を考える必要がありそうだが」

ツシマの言葉にホーリーは跳ねるように顔を上げた。その瞳には悲しみと不安の色が混ざり合っている。彼女は懇願するようにツシマの裾を握った。細くか弱い指が真っ白になるほど強く、握っていた。

ツシマは必死に僅かな希望にしがみつくホーリーの姿に心が揺れた。忘れようとしていた過去の記憶が、鮮明に重なって見えた。理屈ではない感情がツシマの判断をねじ曲げていく。

「これも、因果というヤツか」

ホーリーの視線を受け止め、ツシマは小さくこぼした。そして今まで見せたことがないほどの深いため息を吐く。

「事情は後で詳しく聞かせてもらう。今は、俺の後ろに隠れていろ」

彼の言葉に、ホーリーの目が輝いた。瞳に溜まった涙がひとすじ、頬を伝って落ちたかと思うと、彼女は初めて心の底からの感情で微笑む。

「うん！」

二人のやり取りを見つめていたカヌスの表情が曇った。彼は呆れたように首を振る。

「君って本当に馬鹿だね。この僕とやり合うつもりかい？」

「我ながら馬鹿だとは思う。だが、地位と権力には逆らいたくなる質でね」

はっきりと宣戦布告を言い切ったツシマを見て、カヌスは天井を指さした。

「仕方がないなぁ。ここでやり合うと他の乗客にも被害が出そうだ。皇帝のお叱りは怖いからね。大人しく上でやり合おう。君をぶち殺してから、その生首を抱えさせて彼女も殺すとするよ」

残虐に微笑んだカヌスの瞳が青く発光する。

すると、カヌスの背から蜘蛛の足のような灰色が伸びた。八つの四肢を器用に動かしながらカヌスは「待たせるなよ」とツシマを指さして去っていく。

不気味な光景に最悪の後味を残したカヌスを見送り、ツシマも窓枠に手をかけた。

その背中にホーリーが声をかける。

「ツシマ！　ごめんなさい。本当のことを話さなくて」

自らの服の裾を握りながらもじもじと言葉を探す彼女を見て、ツシマは部屋の床を指さした。

「反省しているなら、俺が奴をぶちのめして帰ってくるまでに説明を考えておけ。いいな」

まるで子供をしつける様に言うと、ホーリーは素直に頷き返した。

ツシマはそれを確認して窓の外に踏み出す。

戦場は列車の屋根の上。猛烈な風を感じながら、ツシマは面倒くさそうに空を見上げた。時刻は正午をやや過ぎた時間。決戦にはおあつらえ向きな晴天が広がっていた。

線路を走る列車は広大な畑を通過し、鬱蒼とした森の中に入ろうとしていた。

ツシマは吹き付ける激しい風にもかかわらず、列車の屋根の上で涼しい顔で立っていた。向かい合うカヌスもまた、不安定な足場もどこ吹く風といった様子である。彼らは既に仄かに眼球が青く輝いていた。

お互いにコードを執行して、本来立つことすら難しい列車の上での行動を可能にしているのだ。その程度のコードであればツシマやカヌスほどの情報師にとって息をするのと同じくらい容易い。基礎教養の範疇だ。

「さて、もうこんな時間か。さっさと済ませてランチを食べたいところだよ。だから、はやめに死んでくれる？」

カヌスは軍服の内側から取り出した懐中時計を見て、白い歯を見せた。仕草の一つ一つが鼻につく、生意気なガキだ。

「心配するな。お互い忙しい立場だ。あまり時間をかける気はない」

ツシマはそう言うと、ジャケットの袖をまくる。そして、お互いが息を合わせたように眼球を青く激しく発光させた。

コードを組み上げる速度は、ややカヌスに分があるようだった。猛烈な速度でカヌスの周辺に灰色の粒子が渦巻いていく。その灰色は瞬く間に見事な造形を組み上げていった。

カヌスは異世界から召喚したかのような化け物を背後に生み出す。

細く長い四肢は人間のそれに似ていながらも、どこか昆虫を思わせるほど強靭で歪な形状をしていた。本来頭があるだろう場所にはタコのような触手が無数にくねり、消化液を滴らせている。その全身は白というよりも灰色で、所々に錆びたような赤黒さと、人の血を思わせる紅を帯びていた。

大した造形だ。ツシマは感心する。

情報師の引き起こす現象は、それぞれの得意とする学問的な専門分野に紐付くことが多い。ツシマで言えば専門は物理力学であり、カヌスが得意とするのは生物学系の分野らしい。

しかし、カヌスの扱うコードは底が知れない。生物学の領域が得意だとしても、多くの情報師は傷の治療や身体能力の向上程度までしかコードを組み上げる事が出来ていない。実行する現象の構造と仕組みを本人が十分に解釈出来ていなければ、コードを組み立てることすら出来ないからだ。

だがカヌスはいとも簡単に、生命の合成をやってのけていた。それも現実世界には存在しないような、想像上の化け物を、である。

これこそが格外等位情報師の力だ。

格外等位を持つ情報師は、原則であるはずの『科学の範疇』から抜け出た者たちでもある。ある者は観測不可能な事象を扱い、ある者は仕組みの解明されていない現象を発生させる。そういった超常現象を扱う情報師が格外とされているのだ。

「はは、まずはお手並み拝見といこうか！」

カヌスは既に勝ち誇ったかのように叫ぶと、身体から伸びた蜘蛛の脚を動かして化け物の背後に隠れていく。

しかし、並大抵の情報師が霞むような技を目前にしても、ツシマは表情一つ変えなかった。

化け物が巨体に反して俊敏な動きで接近してくるも、その場を一歩も動こうとしない。殺傷圏内に踏み込み、化け物は腕を振り上げた。ツシマを殺すために巨大な鞭と化した腕が横なぎに振るわれる。

巨大な腕をかいくぐる様にツシマは足を前に踏み出す。間一髪で腕を躱したツシマは、何事もなかったかのように平然と列車の上を歩いて進んだ。見つめる先はカヌス本人だけだ。

化け物は感情があるのか、怒りをあらわに足元を闊歩するツシマに追撃を加える。だが、巨体から繰り広げられる攻撃は何故かツシマに当たらない。紙一重でツシマが躱していくのだ。

一体何がどうなっているのか、化け物に焦りが見え始める。そんな時、ツシマは真上にいる化け物の頭を見上げた。

「なんだ、お前。感情があるのか？　だったら、おちょくるのは可哀想か」

ツシマが口にした言葉に、化け物は首を傾げた。その拍子に、タコ頭から一滴の消化液がツシマに滴り落ちる。白い煙を上げながら落ちていく液体が、空中で沸騰したかと思うと瞬く間に蒸発して消えていった。

次の瞬間、蜃気楼のように空間が歪む。そして極めて高温に熱せられた波動が化け物の首から上を一瞬にして焼き飛ばした。

切り落とされた断面からは煙が上がり、四つん這いだった化け物の身体が跳ね上がる。そしてゆっくりと化け物は背中から地面に向かって倒れていった。

車体にぶつかりそうになった時、化け物の体は再び灰のような粉に返り、波打ちながらカヌスの下へと戻っていく。

走る列車の上でもわかるほどに、肉の焼けこげた臭いが辺りを取り巻いていた。実に不愉快な香りに包まれながらも、カヌスは満足そうに手を叩く。

「なるほど、これほどとは。どうりで第四師団では手に負えないわけだ」

カヌスはそう言うと、興味深げにツシマを眺める。互いに殺傷圏内にいるにもかかわらず、彼は腕組みをしたままコードの執行をするそぶりもない。

「君、本当に七等位？　なわけないよね。なんか隠してるでしょ？」

ツシマは乱れた前髪をかきあげた。露わになる鋭い眼光が、青い発光現象に重なって真っ直ぐにカヌスに向けられる。

「お前、さっきから気になっていたんだが。俺のことを気安く君、君と呼ぶなよ」

「そんn」

ツシマの返答に返そうとしたカヌスだったが、彼の声は最後まで放たれることはなかった。カヌスが最後まで言い切る前に、ツシマが彼の上あごを吹き飛ばしたのだ。先日見せた熱線が、ツシマの背後から一直線にカヌスの頭を消し炭にする。

しかし、カヌスの体からは先ほどの化け物と同じ灰が舞っていた。本来、人間を焼いた時には発生する事のない軽く、粉のような灰だ。

ツシマはすぐさま、目の前のカヌスが偽者だと気が付く。面倒な奴だ、と呟いたツシマの背後に気配が近づいていた。

振り返ると、頑丈そうな甲冑を着た三人の騎士がいた。剣と盾を持つ者、ハルバートを持つ者、特大剣を担ぐ者、三者三様に武器は違うが同じ甲冑を着ている。

だが、注目するべきはその容姿だけではない。

明らかに先ほどの化け物より小さな体をしているにもかかわらず、彼らの歩く足元は大きくへこみ、重量を感じさせる。先ほどの合成生物よりも圧倒的に高密度で形成された人型の生物ということだ。

三人の灰銀の騎士を見て、ツシマは舌打ちをする。

ツシマの組み上げるコードは高い火力を誇る反面、細かな調整が難しい。多勢に無勢という状況下でこそ、最も活躍する類の技だ。

つまり、逆を言えば繊細かつ瞬時の判断を繰り返す肉弾戦には苦手意識があった。それが六帝剣を相手にするとなれば、決定的な弱点となる。カヌスは先ほどの手合わせだけで、そういったツシマの特性を見抜いていた。

不得手な接近戦に、足元に護衛対象。強引な戦いは出来ない状況だ。

「まったく、いやらしいやり方をしてくる奴だな。だからガキは嫌いなんだ」

ゆっくりと歩み寄ってくる灰銀の騎士を前に、ツシマは煙草を取り出す。こんな風の中では煙草の香りも何一つ分からない。しかし、無性に煙草が吸いたくなっていた。

ライターを擦る指に力がこもる。なかなか火のつかないライターに苛立つツシマは、鋭い視線を彼らに向けた。

「トサカに来るぜ。その面」

騎士たちは臨戦態勢に入る。盾を構えた剣騎士が一気に距離を詰めてきた。その陰に隠れるように他の二人。ツシマは目を激しく発光させて戦闘を開始した。

＊＊＊

走る列車の屋根上で激しい物音が響きだしてから数分が経過している。ホーリー、いやルプスは列車の中で不安げに天井を見上げた。

ツシマは確かに優秀な情報師のようだ。しかし、相手が六帝剣では力の差は歴然だろう。六帝剣は世界最強の情報師集団だ。彼らに匹敵する情報師たちを、ルプスは数えるほども知らない。

祈るような気持ちで天井を見つめるルプス。その姿を見つめて微笑む人の姿があった。

「いや～、貴女がこんなことをするとは思いもしませんでしたよ」

ルプスは驚く様子もなく声のした方向へ顔を向けた。

列車の入り口近くで壁にもたれかかるようにしてカヌスが立っていた。彼は前髪を指先で直しながら、列車の窓ガラスを鏡に見立てて容姿を気にしている。

ルプスは呼吸を整えてカヌスと向かい合った。虚勢でもいい。小さな胸を張り、恐怖を押し返して精一杯の強気を見せる。

「あなたが来るということは、第二皇子の差し金ね。一体どういう了見か、聞かせてもらおうかしら」

「了見？　面白いことを言いますね。でも、それを聞いたところでどうするというのですか。貴女にできることはもう小指の先ほどもないですよ。結局、穢れた血を持つ貴女のような方は、皇帝の血族にはふさわしくはなかった。それだけのことです」

カヌスは前髪をセットしなおし、満足したのか体を起こす。そして気怠そうな目でルプスを見つめた。まだ幼いはずの彼の表情には年齢とは不釣り合いなほど、傲慢と蔑視の色がこもっていた。

六帝剣のひとり、カヌス・ミーレスは皇族である第二皇子ロス・ルーベルに仕える騎士でもある。

第二皇子ロス・ルーベルは血の気の多い人物として知られ、皇族の中でも鷹派と呼ばれている人物だ。特に情報師に対しては差別的な思想が非常に強く、率先して利用価値のない情報師を排除する活動に勤しんでいた。

そしてカヌスという情報師も主人同様に血を好む。齢十歳にして天才情報師と謳われ、格外等位である十一等位になった情報師だ。プライドが異様に高く、他者への蔑視が酷い傾向がある。常に自分の感情優先で、何をしでかすか分からない危うさがあった。

そんな情報師と二人っきり。いつ殺されてもおかしくはない。

ルプスは息をのみ、カヌスと向かい合う。指先が恐怖で震えていた。それを悟られないように、彼女はゆっくりと拳を握る。

「悪いけれど、あなた達には付き合ってられないわ。もう、くだらない権力争いにはうんざりなの」

「だからといって、亡命は悪手ですよ。結局、逃げるばかりだから利用される。掌で転がすには、貴女は愚かなほど分かり易すぎるんです」

カヌスは演説でも始めんばかりに両手を広げた。うっすらと口元に浮かべる笑みに交ざって獰奇的な犬歯が覗いて見える。

ルプスは彼の言葉を聞きながら、何かが心に引っかかる気がした。

「利用される？　それはどういうこと？」

ルプスの問いかけにカヌスは粘着質な笑みをより強くさせる。

「あれ、もしかして何も気が付いていないのか。そうか、それはそれは。とんだ間抜けだ」

カヌスは目を開いて言った。ルプスは自分の知らない何かが起こっていることを察して、無意識のうちに思考を巡らせる。

当初、ルプスは亡命の情報を手に入れたロス・ルーベルが、自分を殺そうとしているのだと考えていた。皇族の亡命とはそれほど大きな罪である。

だが、それだけでは説明が付かない部分が出てくることも事実だった。

亡命の手はずを進めたのは嵐の丘という組織だ。ルプスの亡命経路は彼らと、ツシマしか知らない。

であれば何故、港に第四師団が待ち構えていたのか。シェルン駅の警戒状況も同様だ。そして極めつきはロス・ルーベルの騎士でもあるカヌスの登場である。

彼女の思考を見透かすように見つめるカヌスは、実に愉快そうに笑いながら会話を進める。

「ロス様は穢れた血をお持ちの貴女をどうにかして排除したいそうです。ただ、身内を自らの手で殺めるのはご法度。ですから、どうせならうまく利用してから消してしまおうという腹積もりのようです。もうここまで話せば、僕がなぜここにいるのかも、どうしてこんな状況になったのかも大体お分かりでしょ？」

傲慢なカヌスは、弱い相手をいたぶるようにして嫌みな笑みを口元に作った。

誘導されていると分かっていながら、ルプスは自らの思考で答えを辿ってしまう。

無意識のうちに首元に手を伸ばし、上着の上から何かを握りしめたルプスは、呼吸が浅くなっていく。

「まさか、私を亡命させるところから、仕組んでいたってこと？」

ルプスは過呼吸で視界がちらつきだす。カヌスは彼女の様子を楽しむように小声でさらに一押しする。

「そういうことになるのかなぁ。実はね、貴女が味方だと信じてる嵐の丘ってロス様の操る傀儡組織なんです。つまり嵐の丘に亡命を唆されて、まんまと貴女は罠にはまったってことですよ」

ツシマが語っていた。嵐の丘の内部にも内通者がいる可能性があると。

しかし、彼の予想は大きく外れていた。裏切り者などという生易しい物ではない。嵐の丘という組織そのものが、ルプスを利用する敵対組織だった。

「それに、それだけじゃないんです」

カヌスはトドメとばかりに、悪魔的な口調で囁いた。

「貴女が亡命する覚悟を固めた事件がありましたよね。ほら、あなたの屋敷で起こった血の惨劇。使用人も警護役も、みんなまとめて殺されたあの事件ですよ。あれって、どうしてあんなことが起こったんだと思います？」

彼の一言で、ルプスの頭の中に悪夢のような過去が駆け巡る。瞬きをするたびに、あの日の光景が蘇っていった。全身を覆う血の生臭さ、悲鳴を上げ死んでいく使用人達。そして信頼と友情が一瞬にして瓦解していった絶望。

ルプスは唇をかみしめ、涙を浮かべて言う。

「私の騎士を、誑かしたのは、お前たちか？」

ルプスの表情を見たカヌスは、大きく目を開いて歓喜の表情をした。

「でなきゃ、あんなことは起こらないでしょう？」

カヌスの最後の一撃が、ルプスの心のヒビを決定的なモノにした。

ルプスは膝から下の感覚がなくなり、目の前が暗くなっていく。一体自分は何のために存在しているのだろうか。自らの意志で決めていたと思っていた決断は、すべてロスによって仕組まれたものだった。

それだけではない。あの絶望も、哀しみも、苦しみも、全てが他者によって作り上げられたものだった。その事実を悟り、次に湧いて出てくる感情は猛烈な後悔と怒りだった。

ルプスは顔を歪ませる。美しい顔に青筋が立ち、深いしわが刻まれていく。

そして彼女は瞳を青く発光させた。脳内で独学で学んだコードを組み上げていく。

「うあぁぁ！」

ルプスの叫びと殺意が、カヌスを真っ直ぐに射貫いた。

だが、カヌスはそれでもなお余裕の表情だ。むしろ、これを待っていたとばかりに高揚した表情を浮かべていた。

「いいですね。その瞳こそが穢れた血の証明だ！　貴女の本質は情報師です。だから、今ここで情報師として殺してやる。我が主もそれをお望みだ！」

皇女ルプス・フィーリアを皇族として認めない。穢れた情報師の血筋として始末する。それがロス・ルーベルの願いであり、カヌスが皇族殺しを正当化できる唯一の理由だ。

情報師として牙をむき出しにしたルプスは、今まさにカヌスに殺人許可を与えようとしていた。感情の渦に飲み込まれた彼女には、カヌスの思惑を見抜けるほどの余裕はなかった。

しかし、彼女の歩みを止めるモノが唯一存在した。

ルプスのコードがまさに執行されようとした刹那、彼女を救うかのようにカヌスの頭上から熱線が突き落ちてきたのだ。車両の天井を貫通して、赤と白を混ぜたような不思議な光が鉄槌のごとくカヌスを襲う。

「なっ！」

カヌスは世界に数えるほどしかいない十一等位の情報師だ。だが、経験の薄さと傲慢さが災いした。

頭上からの一撃に僅かに反応が遅れたカヌスは、両眼を光らせて灰を生成すると自らを守る壁にする。だが熱線は僅かに軌道を屈折させただけで、傷一つない柔らかなカヌスの顔を掠って地面にぶち当たった。

ほんの一瞬だ。それでもカヌスの左顔面は焼けただれて、皮膚から真っ赤な血を吹き出す。

「うがぁぁぁ！」

今度はルプスではなくカヌスが悲鳴を上げる番だった。

その声に重なるように、車両の窓を突き破ってツシマが現れる。羽織ったジャケットには驚くほどの灰を浴びていた。無造作に流れ落ちていた前髪はかき上げられ、青く発光して血走った目が露わになっている。

「ツシマ！」

今にもその場に倒れ込みそうにふらつくルプスは、ツシマの姿を見て思わず叫んでいた。

ツシマは車両に飛び込んだ勢いそのままにルプスを抱きかかえる。すでに立っている事すら限界だったらしい。彼女はツシマの腕に抱かれると倒れ込むように彼に身を預けた。

「すまん。待たせた」

今までになく近い距離でツシマはささやくと、ルプスを見つめた。青い光の下で深淵の闇のように暗く底の見えない瞳が、ルプスの潤んだ瞳と視線を交じり合わせる。何とも言えない雰囲気が生まれて、ルプスは涙を隠すようにツシマの胸元に顔をうずめた。

その拍子に、ルプスはツシマの腹部に生暖かい湿気を感じる。触れた掌を見下ろし、ルプスは目を見開く。彼女の白い手が、真っ赤な血で染まっていた。

「ツシマ……！　これって！」

近くで見るとより血色の悪いツシマの顔が、ルプスに笑みを返してくる。大した怪我ではないと言わんばかりの態度だった。

「皇女様は血染めがお嫌いか？」

こんな時にもかかわらず、ツシマは得意の皮肉にジョークを交えて言った。慌てる彼女を強く胸元に抱きかかえ、ツシマはカヌスを見据える。

「貴様！　雑魚の分際でこの僕の顔に傷をつけるなど、許されると思うな！」

カヌスは痛みと怒りに震えている。怪我を負った顔面を両手で隠しながら、大きくひん剝かれた目をツシマに向けていた。

だが、コードの組み立ても、執行も、正しく行えている様子はない。あまりに激高しているせいで脳内が乱れているのだ。あれだけあった実力が見る影もない。それほどまでに怒髪衝天だった。

醜さまでも感じるほどの怒りに震えるカヌスを目の前にしながら、ツシマは漫然と窓の外を見る。車両は山間の渓谷を抜けて流れる大河を渡ろうと、橋の上を通過し始めていた。

車窓を確認して、ツシマはどこからともなく煙草を取り出して口にする。

「そうイラつくなよ。ただのかすり傷程度でピーピー喚きやがって。これだから下の毛も生えそろわないガキは」

煙草の先に人差し指を添えると、火が点る。ツシマの得意とする熱の発生現象だ。その光景を見つめながら、カヌスは更に怒りを増していく。

「楽に死ねると思うなよ！」

怒声を上げるカヌスを尻目に、ツシマはまだ長い煙草をカヌスに向かって弾き飛ばした。

空中を舞う煙草は綺麗な放物線を描きながら飛んでいく。二人の間に至った次の瞬間、ただの煙草から強烈な光が放たれた。熱を光に変換するコードを仕込んだ煙草だった。

ツシマは一瞬の隙に窓を突き破り車両の外に身を投げ出した。氷河から流れ出した雪解け水が、二人の目下に広がる。その中に入ってしまえば姿を隠すことは容易い。

ツシマの狙いを知ったカヌスは、車両の外にもはっきりと聞こえるほど激しい叫び声をあげた。

「ツシマァァァァァァ！」

まるで獣のような叫びを聞きながら、ツシマはカヌスに向かって中指を突き立てる。腹部に負った怪我の痛みを堪えながら、嫌みな勝利宣言を見せつけていた。

大河の水面に落ちていく最中、列車から身を乗り出すカヌスの姿が見えなくなって初めてツシマは苦痛に顔をゆがめる。そしてそのまま大きな波しぶきを上げて、二人は冬の大河の中に沈んでいった。

＊＊＊

その日は、吐き出す吐息すら凍り付くような寒い日だった。

頭上に広がるのは鉛色をした重たい雪雲。舞い落ちてくる雪は一つ一つが大きく、地面に落ちるたびに音がなりそうなほどだった。

暖炉のある暖かい部屋で、スープを飲みながら家族と微笑みあう。普通の家ならばそんな一日になるだろう空の下で、まだ幼かったかつての少年はひとりの少女を抱きかかえていた。

「シオン、嫌だよ。死んじゃ嫌だ」

年にすれば十六、七歳の少女はシオンといった。まだ十歳ほどの少年にとって彼女は姉であり、母であり、替えの利かない愛する家族であった。

しかし、今シオンの命は風前の灯火だった。

彼女の体は半分が失われている。腹から流れ出した少女の内臓は、真っ白い雪の上に綺麗な朱色の轍を延ばしていた。

少年は絶望的な光景を前に無力にも彼女の上半身を抱きかかえることしかできずにいる。

シオンは、見えているかどうかも怪しい虚ろな目で少年を見上げる。もう自分が死ぬことを予感しているのだ。震える指で胸元から最後の煙草を取り出して咥えた。

「ごめんね。私はここまでみたい。だから、もういいよ。早く逃げなさい」

「嫌だ、シオンがいなきゃ嫌だよ！」

止まることを知らない涙で顔をぬらし、少年は血にまみれたシオンを抱きかかえる。もはや、彼の服が何色だったかも分からないほどに、全身が血で染まっていた。

「そんなこと言ってもね。ほら、足もないのにどうしろって言うのさ」

シオンはこんな状態にもかかわらず笑う。そして煙草の先に指を触れると、弱々しく火を灯そうとする。

しかし、既に煙草に火をつける力も残っていない。煙草から煙は立たず、震える彼女の指が虚空を彷徨うだけだった。

「大丈夫、僕が何とかするよ。だから、だから死なないで。お願いだから僕を一人にしないで」

「ひとりなもんか。あんたは、立派な情報師になってみんなを守るんだよ。きっと沢山の仲間が出来る。だからお願い。早く逃げて」

最後の力を振り絞り、持ち上げた腕でシオンが少年の頭を撫でた。その先、彼女の腕の陰に隠れた空の上には、膨大なコードを組み上げて執行された光の環が飛んで見える。

上空数千メートルの高さに半径数キロはあるだろう見事な光の環が、紋章のような模様を浮かび上がらせていた。そこからつり下がるようにして幾つもの光の矢が揺れている。

よほど優秀な情報師によるものだろう。

だが、その光は少年たちにとっては憎しみの光でしかなかった。

抱きかかえる少女シオンをこんな姿にしたのは、紛れもなくあの光の環なのだ。降り注ぐ光の槍に穿たれ、シオンは負傷した。

　大勢の仲間を守る為に必死に戦い守った結果がこれだった。

「最後に、あんたの顔が見られて良かった。ありがとう」

　空を見上げていた少年に、シオンはそう言い残して力尽きていく。彼の大好きだった優しい笑みを残して。

　腕が地面に落ち、口にしていた煙草がゆっくりと彼女の胸元に倒れていった。

　一つの命が失われていく。戦場では何度も見てきた光景であったが、それとは比べ物にならない壮絶な哀しみが少年を襲った。

　少年はどんどん冷たくなっていくシオンの体に顔をうずめる。そして声にならない叫びとともに涙を流した。これ以上、流れる涙がないほどに、言葉も悲しみも全てをここで使い果たしてしまうほどに、少年は泣き続ける。

　そしてどれほどの時間が経っただろうか。降り続ける雪が大地を覆い、シオンの鮮血を埋めるころ。少年は立ち上がった。

　その顔にかつての無邪気さはない。

　足元に横たわるシオンの遺体を見下ろし、少年は決意する。

　彼はシオンの胸元に残った血濡れた煙草を手に取ると口にはさんだ。吸ったこともない煙草に、彼女の真似をするように火を灯す。

すると口の中いっぱいに苦い煙の味がした。咳き込みながら頬を伝う最後の涙で少年はシオンに別れを告げる。

この苦みを一生忘れない。二度と同じ思いをしてたまるものか。最愛の人を弔うこともできず、少年は苦渋の地であるジャバルの空を睨み上げた。

少年の行く手を害する全てが、彼の消し去るべき敵となる。少年が世界と戦う理由はこの日に生まれた。

＊＊＊

夢を見ていた。滅多に見ることがない夢うつつの世界から目を覚まし、ツシマはひどく重たい瞼を開く。

そこは鬱蒼とした森の中だった。木の葉たちに隠れて月明かりもない深淵の中、ツシマは目を凝らして辺りを見渡した。

どのくらい寝ていたのだろうか。覚醒しきらない意識の中で、ツシマは自らの傷口に触れる。軽い痛みと共に指先に柔らかな感触があった。内臓が飛び出しているのかとも思ったが、そういう訳ではなさそうだ。奇妙な感触にツシマは手元を見る。

傷口の表面は強制的に細胞分裂をさせて修復をかけた跡が残っていた。血が流れている様子はなく、傷自体は十分にふさがっている。

だが、よほど慌てて治療したのだろう。凹凸の目立つ傷跡が残っていた。

「アイツ、どこに行った？」

回転の悪い頭を動かしながら首を動かすと、近くの木陰からルプスの姿が現れた。あちこち傷だらけで、頰に泥がこびりついている。ひどく疲れた様子だったが、ツシマが起きたのを見て慌てて駆け寄ってきた。

「気が付いたのね、よかった。このまま死んだらどうしようかと思ったわ」

「死んだらその辺に捨ててくれ。動物たちが食べて綺麗にしてくれる」

「縁起でもないこと言わないで」

ツシマなりに冗談を言ったつもりだったが、ここでは不謹慎だったらしい。ルプスは目を吊り上げてツシマに詰め寄る。

「ここは？」

森に視線を戻したツシマがルプスに聞いた。彼女は不思議そうに首をかしげる。

「ツシマがここまで連れて来たのよ。覚えてない？」

「列車から飛び降りたあたりで記憶が途切れてる。ここまでの事はほとんど覚えていない」

「そうなのね。あの後、結構大変だったんだけれど」

ルプスは小脇に抱えた薪用の小枝たちを下ろして、語りだした。

「列車から降りた後、あなたは私を抱えて河の底をずっと歩いて逃げたのよ。河の水と窒素分で大気を生成しながら、何時間も。その間、ずっとカヌスの生み出した化け物たちが私たちを追いかけてきてた」

「そうだったのか」

焚き火を起こすために小枝を組みながら、ルプスは心配そうにツシマを見る。

「それから、この森に入って一時間くらいかしら。歩いていたら突然、倒れるんだもの。死んだかと思ったわ」

「出血とコードの執行負荷が原因だろう。心配をかけた」

鼻を啜るルプスが上目遣いにツシマを見る。よほど心細かったのだろう。言葉にはしないが、彼女の表情にはそんな色が見えていた。

ツシマは下手糞に治された腹の傷を摩る。明らかに通常の治癒能力では治りようのない傷が、出血もなく治っている。その様子を見る限り、情報師による治療としか考えられなかった。

ツシマは自身の頭を整理する意味も含めてルプスに問いかける。

「お前。情報師だったのか」

ルプスは少しだけ後ろめたそうに俯いてから、ツシマの質問に答えた。

「そうよ。その傷も河に落ちてすぐに治療したんだけど、激しく動くから何度も繰り返し治療したの。不格好だけどそれで許して」

「そういう事か。どうりで歪な治療だ」

傷口を触りながらそう言うと、「そうかもしれないけど」と不満げにルプスはつぶやいた。少し拗ねているらしい。流石のツシマもそこはフォローを入れる。

「とはいえ助かった。ありがとう」

「それはこっちのセリフよ。まさか、あのカヌスから逃げ切れるとは思わなかったし」

カヌス。六帝剣の一人。奴とは再び刃を交えることになるだろう。ツシマは傷口を庇いながら薪に手を伸ばす。

ここは比較的、夜の冷え込みが甘い。とはいえ濡れた服では暖を取る必要がある。森の陰なら多少の火明かりは誤魔化せるだろう。

簡単なコードを執行し、ツシマは小さな焚き火を起こした。ルプスと焚き火を挟んで座ると、彼は改めて確認するべきことを思い出す。

傷跡の上を撫でながら、ツシマはまじまじとルプスの顔を見つめた。彼女は見つめられていることに気が付きながらも、気まずさで焚き火を見つめたまま顔を上げることはない。

「色々と聴くべき話がありそうだ」

「そうね。何から話せばいいかしら」

ルプスはそう言うと、しばらく沈黙する。小さな焚き火に薪をくべながら、彼女は考え込んでいる。ツシマも急かすことをしなかった。

どこからともなく鳥の声が聞こえ、ルプスは意を決したように息を吸った。そしてツシマを正面に、真っ直ぐな瞳を彼に向ける。

「私の本当の名前は、ルプス・フィーリア。バルガ皇帝の娘であり第三皇女よ」

彼女が自身の本当の名前を口にした。

ルプス・フィーリア。数多くいる皇帝の子供たちの一人で、国内でも国民の支持が厚い仁義と友愛の皇女だ。

皇族はそのほとんどが皇帝一族の証でもある金色の髪と赤い瞳を持っている。だが目の前のルプスはその特徴とは似ても似つかない銀の髪と青い瞳をしていた。

改めて目の前の彼女を見ると合点がいく。確かに、映像や写真で見たルプス・フィーリアがそこにいた。ツシマは自分の馬鹿さ加減に呆れて眉間に指を添えた。

「記憶では第三皇女は金髪に赤い瞳だったが、お前の本来の姿はどっちだ？」

「髪色はコード執行で金色にしてたわ。瞳の色は本当は赤いのだけれど、今はコード執行で青色にしてる。赤い瞳は目立つから。あとの違いは化粧かしら。皇族の象徴がなければ案外、誰も気が付かないものね」

自ら隠していた秘密のひとつを暴露し、少しだけ肩の荷が軽くなったのかルプスは微笑んでみせた。ツシマは彼女を真っ直ぐに見つめながら、話を戻す。

「そんな皇女様がエルバルへ亡命するとは、どういう経緯だ？　事によっては俺の手に余る」

ツシマの冷たい物言いにルプスは僅かに顔を曇らせた。そして弱々しく口元を緩めて焚き火の薪をつつく。

「バルガ帝国の次期皇帝を決める後継者争いに疲れちゃったのよ。毎日繰り返される陰謀と策略の世界で、私は勝ち続けなければいけない。さもなければ殺される。そんな運命にうんざりしたの」

ルプスはそう言いながら首元の何かを握りしめる。激しい逃亡の道中で、着崩れた彼女の首元には金のネックレスが見えた。

今まで何度か見てきた動作は、どうやらそのネックレスを握っていたようだ。ツシマは彼女を見守りながら、黙って話に耳を傾けた。

「私はね、皇帝と情報師の間に生まれた子供なの。皇族の間では情報師の血は穢れたものだと教えられている。だから、皇族でありながら情報師でもある私は、その事実を隠しながら生きてきた。当然だけれど、身内にも味方は少なくてね。それでもひとりだけ、子供の時から私を守ってくれていた騎士だけは信じていた。私の身の上を知ったうえでずっと守ってくれていた騎士だけはずっと味方だって」

ルプスはそう言うと、首元のネックレスを取り出す。その先には二つの指輪がぶら下がっていた。互いに二つで一つの形を成すように設計された金と銀の指輪だ。

「この指輪の意味を知ってる？」

ルプスは悲しげな瞳でツシマを見た。ツシマは静かに頷く。

「確か、バルガの皇族には騎士の任命権がある。その指輪は、皇族と騎士の契りを交わした証明のようなものだろう？」

「正解。やっぱり、あなたって物知りよね」

皇族と騎士の関係は、単純な警護役という訳ではない。運命を共にする共同体としての意味合いがあった。それを知っているからこそ、ツシマはその指輪の重みを理解していた。

だが、本来であれば騎士と皇族に分けられる指輪が何故ここに二つあるのか。その理由は想像にたやすい。

「お前の騎士は、裏切ったか」

深淵の闇に包まれる森の中に、ツシマの言葉が溶けていく。ルプスは指輪を目にしながら力なく微笑んだ。

「ええ。とある祭典の日に襲われたわ。辛うじて私は無事だったけど、見知った人間はみんな死んでしまった。私の騎士も含めて、ね。騎士に任命して十年近く一緒に歩んできたのに裏切られ、殺されかけた。それで分かったの。ここにいる限り、私は生きてはいけないって」

ルプスは過去を思い出し、涙を流していた。暗闇の中で誤魔化すように頬を拭う。しかし、次から次へと溢れてくる涙はしばらく彼女の言葉を詰まらせた。

「それで、事情を聞いた嵐の丘がやって来たの。私の周りには敵しかいない。だから助かる方法は亡命しかないって。私もそう思ったわ。でも違った。私の騎士が裏切ったのも、嵐の丘が寄り添ってきたのも、全部が策略だった。私が最後の希望だと思っていたものは、全部嘘だったの。こんなのひどい笑い話よね？」

ルプスは泣きながら嘲笑を浮かべる。その顔つきがあまりにも悲愴感に包まれ、ツシマは思わず腰を上げた。焚き火を挟んでいた二人は距離を詰める。ツシマはそっと彼女の小さな肩を抱きかかえた。

ツシマに抱きしめられたルプスは一瞬驚きの表情を浮かべるも、溢れ出る涙と感情に嗚咽を漏らした。衣服を挟んで感じる人の温もり。ルプスは顔を覆い隠すと子供のように泣きじゃくった。ツシマは黙って彼女の肩をさする。

ルプスはまだ子供だ。それにもかかわらず背負わされた大きな運命に押しつぶされてしまっている。その辛さを隣で支える人間はおらず、彼女は心が潰れかかっていた。

世界中から取り残された孤独の中で、必死に歯を食いしばるその姿は、かつての自分に重なって見える。いつしか、ツシマは自分事のように彼女の気持ちに向き合っていた。

しばらくして、感情を吐き出したルプスは鼻を啜りながら顔を上げた。少し落ち着きを取り戻してきた彼女は、恥ずかし気に顔を拭いつつ焚き火に向き合う。

「この筋書きを書いたのは第二皇子のロス・ルーベルよ。間違いなくあいつが私の騎士を唆して、嵐の丘を私にすり寄らせた相手だわ」

薪の爆ぜる音にルプスが顔をそむける。その拍子にツシマと彼女の視線が交差した。ルプスはそのまま、ツシマを見つめた。真っ直ぐな瞳で、はっきりとした意図を持っている。

「それで聞きたいの。あなたは、誰の差し金でここに来たの？」

ルプスにとって現状は誰が味方かもわからない策略の海の中だ。まずは誰が敵か味方か、それをはっきりさせなければならない。

ツシマは彼女の考えを理解した上で、その場に腰を落とした。

「エルバル情報師組合の斡旋、と言いたいところだが実際は違う」

その一言で、ルプスの表情は固まった。いつの間にか、彼女の眼は敵を見る目つきに変わっていた。ツシマは僅かに口角を吊り上げて肩をすくめてみせる。

「エルバル独立都市の市長、タチバナからの直接依頼だ。国外の要人警護の依頼はよく受ける内容でな。それがまさか皇族だとは思いもよらなかったが。もしかすると、タチバナは知っていたのかもしれん。お前が皇族だという事を」

ツシマは焚き火を見つめながら言った。

タチバナとは、エルバル独立都市の頂点に立つ男だ。独立戦争を戦い抜いた英雄の一人であり、外交戦略に長けた知略の雄でもある。

世界的にも動行の注目されるエルバル独立都市には、常にあらゆる利害関係がついて回る。

その政治的な駆け引きの難易度は、バルガ帝国の皇位継承権争いの比ではない。複雑かつ高度な駆け引きを、長期的な戦略をもって運営する必要がある。その最前線で戦うのがタチバナだ。彼ならば全てを知っていてもおかしくはなかった。

「タチバナ市長ね。一度会ったことがあるわ。何を考えているのか分からない人。確か独立戦争の七英雄の一人よね」

「よく知ってるな」

「そりゃ、私も情報師のはしくれだもの。七英雄の名前くらい覚えてるわ」

そう言ってルプスは赤くなった目元のまま、少しだけ笑みを浮かべた。

エルバル独立戦争は世界の歴史的にも類を見ない激戦となり、その結果英雄と呼ばれる情報師たちを生み出した。彼らは七英雄と呼ばれ、今でも四名がエルバル独立都市の運営に携わっている。

鼻をすすりながらルプスは指を折り、自分の知識を披露する。

「独立の七英雄はタチバナ市長、十三等位情報師アイマン・ドルーグ、都市防衛軍総司令キリヤ・ヒナ、ツクモ重工取締役代表ツクモ・カゲリの四人が現存してるでしょ。残りの三人は名前も分かってない。雷霆の情報師、灰塵の情報師、孤影の情報師、って肩書だけが知られてる。違ったかしら？」

「いいや、その通りだ」

ツシマは揺れる焚き火の炎を見て頷いた。

独立の英雄といえど、そのうちの半分が行方知れずになっている。それはある意味、エルバル独立都市の闇の部分でもあると噂されていた。タチバナに消されたのか、他国に逃げ出したのか。真実を知るものは少ない。

そんな闇も知らず、ルプスは空を見上げる。

「六帝剣のカヌスが表に出てきたのなら、七英雄の一人でも来てくれれば有難いんだけれど。そんなことは無理よね」

ルプスは贅沢な願い事だと自らを笑いながら薪をくべた。

確かに、六帝剣に匹敵する情報師となればエルバル独立戦争の七英雄か、キルビス皇国の四天王あたりしかいないだろう。ツシマは顔をしかめて濡れたシャツの襟に触れた。

「さぁ、どうだろな。どうしても、というなら流れ星にでも願うといい」

「願えば来てくれる？」

「迷信通りなら」

ツシマは半笑いで言った。だが、隣のルプスは真剣な表情で彼を見つめていた。

ツシマは一瞬、その視線に目を細める。

「私が願うのは、七英雄にじゃないわ」

ルプスは大きく息を吸うと、改めて姿勢を正してツシマへ向き直った。

「これは私の勝手なお願い。だから、仕事で来たあなたに強制は出来ない。でも、もし私の願いを聞いてくれるなら、もう少しだけ手を貸してほしいの。エルバルにたどり着くまで——」

一度視線を手元に落とし、ルプスは口を閉じた。これから口にする言葉が、喉を通らないのだ。彼女はわずかな沈黙の後に、焚き火のはぜる音にかき消えてしまいそうなほど、小さな声を出した。

「私の、傍にいてほしい」

ルプスはそう言って、膝の上の拳を握った。暗闇の中でも、彼女の頬が紅潮している様子が分かる。ツシマはそんな彼女を見て、静かに息を吐き出した。

ルプスの抱える問題は大きい。ツシマ一人で対処するにはあまりに無謀だ。報酬を受け取れる可能性はなく、仕事としての意味はもはや存在していない状態になっている。

どう考えても、ここが引き際だった。

それでもルプスの願いが、ツシマの心を引き留めるのは、悪夢にまで見るシオンの姿とルプスが重なって見えたからだ。地獄から逃れようとあがく彼女たちの姿は、十数年という時間を挟み、再びツシマの前に選択肢を与える。

救うか、再び失うか。

以前は選ぶことすら叶わなかった選択肢を前にして、ツシマに迷いは生まれなかった。

「分かった」

「ほんとに⁉」

ツシマの返答を聞いて、ルプスは食い気味に身を乗り出した。まん丸の瞳にうっすらと見える涙が、焚き火の明かりに光って見える。体面など気にしないその表情は、大人のツシマにとっては眩しすぎた。

つい、ツシマは視線を逸らしてしまう。

「だが、一つ条件がある」

「条件？」

ルプスは潤んだ瞳で上目遣いでツシマを見る。その仕草は心にぐっとくるものがある。本人に他意はないというのが、より質が悪い。

ツシマは彼女の視線から身を隠すように手をかざして人差し指を立てた。

「お前のことは俺が守る。だが、情報師として最低限のコード執行は出来るようにしろ」

「それって、例えば？」

乗り出した身を戻し、ルプスは首をかしげた。

「お前は戦う必要はない。それでも、いくつかのコードが使えるかどうかで今後、お前の守り方にも幅が出る。だから、今から教えるコードだけでも使えるようになれ」

ツシマはそう言うと、やっとルプスと正面から向き合う。そして暗闇に向けて青く目を光らせると、熱線のコードを執行した。

普段ツシマが使うものより規模は小さく、非常に簡易的ではあるが十分な火力のあるコードだった。それを見て、ルプスは小さな歓声を上げる。

そして、あることに気が付いた。

「でも、このコードってツシマの作ったものでしょ？　そんなものを私に教えてもいいの？」

ルプスの疑問は的を射ていた。情報師にとって独自のコードとは長所も短所も、すべてを内包したものであり、資産そのものである。それを他人に教えることの意味は、文字通りすべてをさらけ出すという事だった。

だが、ツシマは別に気にするなとでも言わんばかりの涼しい顔で返す。

「使い慣れているコードの方が教え易い。なにより、時間がない」

あくまで、合理的な方法を選んだという風にツシマは言った。それでもルプスには、彼の優しさと献身さが身にしみるほどに伝わっていた。

「あなたって、本当はいい人なのね。勘違いしてたわ」

ルプスはそう言い、心の底から優しく目尻を和らげる。今まで言いたい放題言われてきただけに、ツシマもどう返すべきか言葉に悩んでいる様子だった。

「世辞はいい。とにかく、今からコードを教えるからよく聞け。何度も教えないからな？」

「分かったわ。こう見えても私、案外飲み込みが早いほうなのよ。期待して」

「地図も読めないくせによく言う」

ツシマは照れを隠すように口調を強めて言う。ルプスは彼の隣に肩を寄せると、はにかみながら講義に耳を傾けるのだった。

＊＊＊

翌朝。早朝から歩き続けたおかげで、二人は順調に目的地に向かって進んでいた。時刻は七時を回り、気温が上がる気配があった。

額から流れる汗をぬぐうツシマは、怪我人とは思えない軽快な脚を止めた。背後には息も途切れ途切れに、重たい足を上げるルプスの姿があった。

「大丈夫か？」

「ちょっと休憩したいかも」

「さっき休んだばかりだろう。まだ先は長い。気温が上がる前に距離をかせがないと、午後が辛いぞ」

「分かってる。分かってるけど、この道は辛すぎっ！」

ルプスはツシマの隣に並ぶとギブアップとばかりに切り株に腰を下ろした。すっかり汗だくで、額から流れる汗が首元を伝って流れ落ちる。

ルプスは首を脱力して空を見上げ、皇女とは思えない無防備な姿で喘いだ。シャツの襟元を大きく開けているせいで白肌の上を流れ落ちる大粒の汗が露わになっている。

ツシマはルプスから視線を外して腕時計の針を見た。これからの道中を考えると、想定よりも時間がかかりそうだった。

「案外、体力がないんだな」

ツシマは横腹の怪我の様子を確認しながら言った。確かに怪我人であるツシマと比べても彼女の体力は低い。湿った視線をツシマに向けたルプスは嫌味交じりに答える。

「皇女ともなると、その辺をてくてく歩くこともままならないのよ」

「皇女だからこそ、体力はつけるべきだ。万が一の時に対応できない」

「その万が一がないように周りが備えてくれたの。今回がイレギュラーなだけ」

「それは、期待に添えず申し訳ない」

「別に責めてるわけじゃないわ。こればかりは私の想定不足もあるし」

ルプスはため息交じりにこれから登るであろう山の尾根を見やった。色々な後悔を含んだ目をしている。

その視線の手前で、ツシマは憎らしく鼻で笑って見せる。対する彼女は、子供のように歯を見せて「い——！」と威嚇のように表情をしかめて見せた。

ツシマはルプスの呼吸が整ってきたのを確認して、急かすように手を叩く。

「さて、もう行くぞ。立て」

「えぇ～！　もうちょっと休ませてよ」

「駄目だ。少なくとも午前中にはこの山を越えたい」

「うそでしょ。足腰が持たないわ。そもそもこれからどこに行くのよ。説明くらいしてもいいんじゃないの！」

先に歩き出したツシマの背中に向けてルプスは叫んだ。

ツシマは彼女の問いかけに答える。

「この先に知人がいる。この山奥から手っ取り早く出るには、そいつを頼るのが最善策だ」

「こんな山奥に知り合いがいるの？　一体どんな繋がりよ。人脈が広くて感心するわ」

「おかげで皇族の知り合いもできたからな。ぶつくさ言ってないで早く歩け。日が暮れる」

「ツシマって本当に鬼よね。昨日の優しさはどこに行ったのよ」

弱気な台詞を吐きながらも、ルプスはゆっくりと立ち上がった。多少はペースを調整しつつ、二人は歩き出す。


朝食も、昼食も抜きに歩き続け、日が暮れかけた頃。二人はようやく目的の場所にたどり着くことになった。

そこは街道が近いのか、舗装された狭い道沿いにあった。古びたガレージハウスと、小さめのロッジが並んで立つ。周辺には他の住居は全くないが、比較的綺麗な外観を見るに無人ではなさそうである。

　ツシマは遠目でロッジの明かりを確認してからルプスに手招きをした。

「ここに本当に住んでるの？」

「そうだ。死んでなければ、だが」

「死んでる可能性があるのね」

「あぁ。十年前も相当な爺さんだったからな。生きていたらとんでもなく爺さんになってるはずだ」

「へぇ～、とっても不安で素敵な話をありがとう。とにかく温かいスープと座れる椅子があるなら、どこでもいいから休みたいわ」

　ルプスは目を細めて遠くを見つめるようにツシマを見る。すると彼女は鼻を啜ってツシマの肩を肘で小突いた。早く行け、という事らしい。

「ここまで追手が来ているとは思えないが、油断はするなよ」

「分かってるわよ。ツシマの一歩後ろ、常にあなたを盾にするように歩け、でしょ？」

　昨晩に伝えた立ち回りを復唱して、ルプスは冷めた表情でツシマに視線を送ってきた。

「全く。かわいげのないやつだ」

　ツシマは一言つぶやき、重たい足を小屋の方へと向けた。

　二人が道路を横切り敷地内に入った時、不意に小屋の扉が開いた。扉の向こう側からはひげを蓄えた熊のような老人が姿を現す。老人は二人を見ると、特に驚いた様子もなく片手をあげて挨拶をした。

「ほう。お前さんは、ツシマの小僧か。珍しい客が来たもんだ。しばらく見ないうちに立派になったな」

「あんたがまだここにいてよかった。半ば賭けだったが助かったよ」

「それはそれは。隠居した老いぼれを頼るまで追い詰められたという事か。まぁ、頼られるのは悪い気はせんが」

老人は薄暗い森の闇に重なるルプスを見た。泥と汗で汚れきった彼女の姿を見て、老人はすぐに状況を飲み込んだらしい。二人をロッジの中へ手招きする。

「そっちのお嬢さんは休んだ方がよさそうだ。お前はまた他人に無理を強いたのか？　いかんぞ。特に自分より弱い者には労りの心を持たねば。お前は他とは違う特別な男なのだからな」

「分かった。説教は後にしてくれ。先にこいつを休ませたい」

二人のやり取りを見つめていたルプスは、老人に一度丁寧にお辞儀をした。

「夜分遅く、突然の訪問をお許しください」

「いやいや構わんよ。小僧の連れとなれば、こっちはいつでも歓迎だ」

「ありがとう。お言葉に甘えて失礼するわ」

引きずるように歩いていた足を無理やり動かし、ルプスはロッジの中に入って行った。ツシマも後に続く。

老人がルプスを案内している間、ツシマはリビングで時間を潰すことにした。

小屋の中は決して広いとは言えない。キッチンと繋がったリビングに、椅子が数脚と机が並ぶ。有難いことに暖炉に灯った火のおかげで、部屋の中は眠たさを誘う暖気に包まれていた。

数分ほどして老人がリビングに戻ってきた。彼はパイプを口にしてロッキングチェアに座ると、説明を求めるような視線をツシマに向けてきた。

ツシマは一度のどを鳴らす。

「まずは、礼を言う。受け入れてくれて助かった」

「どうやら訳ありの様子じゃ。見捨てるわけにもいかんじゃろう」

「あぁ。それで、あんたを頼った理由なんだが」

「あのお嬢さんの運搬じゃろう？」

ツシマの言葉を先読みするように老人は言った。白髪交じりの太い眉毛を持ち上げて、老人は煙を吐き出す。

「その通りだ。俺とセットで中海の近くまで頼みたい。なるべく追手のつかない方法で頼む」

「そうか。いいじゃろう」

この老人はかつてツシマがバルガ帝国にいた時に世話になった人物だった。主な仕事は運び屋だ。半世紀前には戦闘機乗りだったらしく、操縦の腕は良い。

老人はしばらく考えに耽るようにパイプを燻らせていた。ツシマは腕組みをしながらキッチンカウンターに腰を乗せる。

「この仕事は大きなヤマか？」

老人はゆっくりと問いかけてくる。

「詳しくは聞かないほうがいい。巻き込まれると、この国にはいられなくなるぞ」

「それほど大事か。可憐な花には棘があるもんだが、あの娘がそこまでのもんかの」

老人は目を細め、壁に掛けられた古い写真を見つめ始めた。この手の老人が昔話を始めると碌なことはない。ツシマはなるべく話がそれないようにと心の中で願った。

「しかし、お前さんがあの年頃の娘を連れていると思い出すな。シオンの事を」

やはり、その話が出てきたか。ツシマはそう思いつつも、老人の指摘に納得せざるを得なかった。カウンターの上に置かれた紙煙草に手を伸ばしつつツシマは答える。

「彼女とは似ても似つかないが、どういう訳か姿は重なる。おかげでこのざまさ」

「はは。男はいつの時代も女に振り回されて生きていくもんじゃからな」

「それは、いいアドバイスを聞いた」

老人の口にしたパイプの向こうで、僅かに口角が上がるのが分かる。彼は同時に遠い目をして虚空に煙を吹いた。

「お前さんが生きとって良かった。独立戦争は決して勝てる見込みのある戦争ではなかったからの。あの子が死んだとき、お前さんも長くはないのではと思ったもんじゃが。無事に育って良かった」

「無事、か」

ツシマはやっと見つけた小さな箱からマッチを取り出して、火をつけた。一日ぶりに吸い込んだ煙草の煙に安堵の声を漏らす。老人は彼の声に首を向けた。

「なんじゃ。お前さんも煙草を吸うようになったのか。妙なところがシオンに似たのう」

「訳ありだよ、爺さん。俺も好きで吸ってるわけじゃない」

ツシマが得意の悪意を含んだ笑みを浮かべたのを見て、老人は悪がきを見るような表情で椅子から腰を上げた。

「煙草の毒は情報師をへばらせるんじゃろ。やめておけ」

「正確には脳内のコード構成作業を乱す、だ。別に俺が吸ったところで大した支障はない。むしろ、それが目的くらいなものだ」

「強気なもんじゃな。煙草のついでに酒も飲むか？」

老人はおぼつかない足でキッチンへ向かうと、棚の中から小麦色の液体が入った瓶を取り出す。中身はウィスキーか何かだろう。ツシマは顔をしかめて首を横に振る。

「酒は苦手だ。断るよ」

「ほう。そこはシオンに似んかったな。あの子は儂にも劣らん酒豪だったが」

「それは聞かなかったことにしよう。一応、シオンは未成年だったしな」

「はは、まぁ戦時中の話じゃから時効じゃな」

カッカッカと独特な笑い声を上げる老人の声に重なるように、部屋の奥の扉が開いた音が聞こえる。ルプスが風呂から出てきたらしい。

パタパタと足音を立てて現れた彼女はぶかぶかなシャツとズボン姿だった。頭に載せたタオルの下から長い銀髪が垂れ落ちている。そんな服装も相まって、今の彼女は実際よりもかなり幼く見えた。

「お先に。いい湯加減ね。疲れが吹き飛んだわ」

ルプスは満足そうに言ってツシマを見る。そして彼の奇妙な視線に首をかしげた。

「どうしたの。なんか変かしら？」

腕を伸ばして自分の姿を確かめるルプス。その拍子に白く透き通るような胸元の素肌が露見する。本人に自覚はないようだが、それは明らかに目の毒だった。

結局ツシマの視線の理由は分からず、ルプスは再びこちらを見ながら困り顔で首をかしげてくる。それもまた、強烈な目の毒だ。

油断だらけのその姿は、きっと本来の彼女らしさなのだろう。しかし、ツシマは妙に庇護欲をかき立てる彼女から、堪らず視線を外して煙を吐き出した。

揺れる煙の先で老人と目が合う。老人はやれやれと言わんばかりに首を振っていた。

うるさい爺。ツシマは心の中で毒づく。

「ねえ。なんなのよ、その態度」

風呂上がりの香りを立てながら無防備に迫ってくるルプスを、ツシマは手で制する。そしてあたかも真面目な状況下のように言い放つ。

「近づくな。――煙草を吸ってる」

「そんなのいつものことじゃない。それよりさっきの目つきは何？　またなんか隠してるでしょ」

「また？」

「また、よ！」

会話を交わしていながらも、視線は一切向けてこないツシマに、ルプスは余計に不審感を抱いていた。どんどんと距離を詰める彼女に押される形で、ツシマは体を引いていく。

その仕草に、ルプスは不安になって自分の体を嗅いだ。

「え、もしかしてまだ臭い？　ちゃんと洗ったんだけど」

「いや、それは大丈夫だ」

「じゃあなんで逃げるのよっ」

腕組みをして目を細くするルプスが、隣で見上げてくる。だがツシマは頑なに視線を動かさなかった。なぜならばその角度からだと、見えてはいけないモノが見えてしまいそうなのだ。

無自覚なルプスと、懸命に堪えるツシマの問答に、老人がやっと助け船を出す。

「お嬢さん。湯冷めするといかんから、これを羽織りなされ」

厚手のカーディガンを手渡しながら、老人はにっこりと微笑む。その笑みの意味はきっとルプスには伝わってはいない。

言われたとおりカーディガンを羽織り始めた彼女から逃げるように、ツシマは煙草をもみ消して身を起こした。

「俺も風呂を借りるぞ。そうだ、爺さん。コイツには変なものは飲ますなよ。特にアルコールは駄目だ。未成年だからな」

ツシマは老人に釘をさす。老人は分かったと手を上げながら、自分で注いだウィスキーのグラスを傾けていた。

若干、不安だ。ツシマはすぐに上がってくることにして足早に風呂に向かうのだった。


風呂から上がったツシマは、リビングの光景を見てから自分の愚かさを後悔した。

リビングには同じ茶色い液体をグラスに入れて、乾杯しあっている老人とルプスの姿があった。半ば、そうなることは分かってはいた。

だが、改めて未成年かつ皇女でもあるルプスが安酒をあおっている光景は、なかなか物申したい気持ちにさせるものがある。

ツシマは頭を抱えながら老人に歩み寄った。

「おい、爺さん。そいつに何を飲ませてる？」

「なに。ただの酒じゃ」

反省の色が一切ない老人はニンマリ笑顔だ。孫を見るような優しい笑顔の先には、既に顔を赤くさせたルプスがソファの上で嬉しそうにグラスを揺らしていた。

「この飲み物、結構おいしいわ。あなたも飲んだら？」

若干、舌が回っていないのは気のせいではないだろう。ルプスはとろけたような笑顔でそう言うとツシマにグラスを差し出した。どうやら本人に酒を飲んでいる自覚はないらしい。

「こんな安酒を飲んでたら、この爺みたいになるぞ。明日は早い。さっさと寝るぞ」

「なによ。もうちょっとあなたの昔話を聞いてから寝るわ。ねぇ、じい様」

大きな声でルプスはそう言い、老人に微笑みかける。老人は一瞬マズそうな表情を見せたが、目の前の美人につられて笑顔になっていた。

「昔話なら俺が直接してやる。だから寝るぞ。寝床は屋根裏で良いんだな？」

「あ、あぁ。ほれ、そこの上に隠し階段があるじゃろ。その上じゃ」

老人がやや歯切れの悪い答えで返したのは、ツシマの追及の視線を食らっているからだ。一体何を話した、という彼の無言の問いかけに老人は渋々額縁に収められた古い白黒写真を指さした。

ツシマはその写真を見て、目を見開く。あまりに懐かしい一枚の写真がそこにあったからだ。

その写真にはジャバル奪還戦を目前にした仲間たちが並んでいる。写真の隅っこのほうには、記憶の中でしか残っていない少女の姿があった。その隣に立っている小さな少年は、かつての自分だ。

ツシマは心の傷が疼き痛むような気がして、思わず目を細めてしまう。懐かしさと同時に苦しさを湧き起こす写真の少女は、咥え煙草で満面の笑みを浮かべていた。あの時の優しい笑顔が、そのままの形で残っていた。

ツシマはやるせない気持ちに限界を感じて写真から目を逸らす。

「あんたも明日は操縦があるだろう。酒はほどほどにしておけよ」

「あぁ。分かっとる。ほどほどに飲んで寝るわ」

ろれつの回らない口でもごもご話をするルプスを担ぐと、ツシマはそのままの足で屋根裏部屋に上っていった。

簡易的な収納階段を上った先は、屋根裏としては随分と内装がしっかりしていた。ツシマが屈まなければいけないくらいに天井は低いが、そのほかは申し分ない。

唯一の照明である小さな白熱電球を点けると、数枚のマットレスが床に敷かれた部屋の全貌が見えた。ツシマはその一つにルプスを寝かしつける。

「なによ。まだ飲めるわ」

「飲むな。面倒くさい」

マットレスに寝かされて不満げに頬を膨らませていたルプスだったが、布団の温もりに負けて毛布にくるまってしまった。

程よい寒さに火照った体を冷ますように、ツシマは隅に置かれた椅子を引っ張り出して腰を掛ける。そしてルプスが寝付くのを促すために、灯りを消す。

暗くなった部屋に、屋根にある窓から月明かりが差し込んでくる。青白い光に照らされた部屋の中はやけに静まり返っていた。

ツシマは月明かりを見上げて、心を落ち着かせる。耳を澄ますと寝息とは異なるルプスの吐息が聞こえ、ツシマは彼女へ視線を向けた。

ルプスは毛布から顔を出して、眠たげな眼でツシマを見ている。何か話したいことでもありそうな顔だ。ツシマが首をかしげると、彼女は小さな唇を開いた。

「さっき、あなたのお姉さんの話を聞いちゃったの。ジャバル奪還戦での話とか、色々」

先ほどまでの酔った勢いとは異なり、ルプスは触れてはいけない物に触れるような慎重な口調で言った。眉を上げてツシマを窺うように見つめてくる。

「あなたの過去をほじくり返す気はなかったんだけど、ほら。あんな調子だったから」

「爺さんも久々に昔話がしたくなったんだろう。別に気にするな。隠すような話でもない」

椅子の背もたれに寄りかかると、ツシマは窓の外へ視線を向けた。青白く光る上弦の月に照らされながら、彼はゆっくりと語り出す。

「シオン、という名前の少女だった。歳はまだ十六、七くらいだったか。彼女も情報師でな。リビングにあった写真に写ってたのは見たか？」

「ええ。素敵な笑顔だった。その隣にいた男の子が、あなたでしょ？」

「それは余計だな」

「ふふ。昔は可愛かったのね」

ルプスは毛布の中から顔をのぞかせて、今のツシマを見つめる。

椅子に腰かける彼は、かつての幼さとは無縁な、陰のある大人になっていた。それはいい意味でもあり、悪い意味でもある。

「シオンと一緒に暮らしたのは三年だったか、四年だったか。ずいぶんと俺の面倒を見てくれたよ。血のつながりこそなかったが、俺は実の姉のように思っていた。気が強くて、優しくて、いい奴だった」

「そう。もしかして、初恋の相手？」

ルプスの急な投げかけに、ツシマは苦笑いをする。

「だったのかもな。今となっては、よく覚えてもいない。ただ、大切な人だった。それだけだ」

「そうよね。三年以上も一緒にいれば、家族そのものよね」

ルプスは共感しながらネックレスに下がった指輪を握りしめた。そしてこれ以上この話題には踏み込み辛くなったのか、彼女は話題を少し変える。

「あと、エルバル独立戦争の話も聞いたわ。開戦前の準備から関わっていたって」

「全く、ベラベラとよくしゃべる爺さんだな」

ツシマは呆れて肩をすくめると、短く肯定の意味で首を縦に振った。それを見たルプスは、やや声のトーンをあげる。

「エルバル独立戦争では、七英雄と会ったりした？」

「まぁ見かけるくらいならあったが。なんだ、お前は七英雄が好きなのか？」

「当然！　情報師ならみんな独立戦争の七英雄に憧れるわよ。どんな権力の後ろ盾もなく、正当な権利のために戦った最高の情報師たちよ」

ルプスは懐疑的な態度のツシマを説得するように言った。対して、ツシマはやや遠慮気味に苦い顔をする。

「実際は、そんな良いものでもないと思うが」

「でも、少なくともツシマだって彼らの主張に同調したから一緒に戦ったわけでしょ？」

ルプスの純粋な問いかけに、ツシマは素直にイエスとは言えなかった。悩ましげに首をかしげる。

「さぁ、どうだったんだろうな。答えは分からないが、少なくとも引き際を失ってはいた。当時は、皆して死に場所を探していたからな。理想と信念を燃やし切る為の目的と戦場が必要だった。それほどにジャバルでは、誰しもが大切なものを失ったんだ。もうこの世に未練がないと思えるほどに」

軽い気持ちで聞いた質問に、現実的な重い返答が戻ってきてルプスは言葉を失った。戦争というものを文字の上で知ることと、体験していることは大きく違う。

「そう、だったのね。私、当時のことはあまり知らなくて」

「当然だ。まだ子供だっただろうからな」

「そういうツシマも、まだ子供だったんじゃない？」

「お前と同じか、もう少し小さい頃だったな。だが、それも今となっては過ぎた昔の話だ」

まるで過去のことはすべて水に流したと言わんばかりに語りながらも、ツシマはどこか仄暗い雰囲気を帯びていた。彼を照らす月明かりも、その闇を払うことは出来ない。

ルプスはそんな彼を見て、不安げに表情を曇らせた。

「本当にそう思ってる？」

ルプスの質問が何を指すのか、ツシマには分からなかった。彼は疑問の表情で返す。するとルプスは言い難げに言葉を紡ぐ。

「さっき、じい様が言ってたわ。ツシマからは復讐の怨念みたいなものを感じるって。それはきっと昔の戦争が原因で、未だにその感情が腹の底にあるんじゃないかって。とても心配してた」

「復讐の怨念か……。あながち間違いではないな」

ツシマは急に顔から感情を消した。

「家族のいない俺にとって、シオンは一番大切な人だった。だが、ジャバル奪還戦で敗走したとき、俺は彼女を守れなかった。自分の命よりも大切だったはずなのに、俺は生き残り、彼女は死んだ。何でか分かるか？」

ルプスは先ほどまで見せていた笑みを消し、無言で首を横に振る。それを見て、ツシマは自嘲的な笑みを作る。

「俺が弱かったからだ。奪う人間より貧弱だった。だからすべてを奪われた。だが、今回はそうはいかない」

「今回？」

「あぁ。お前は、俺が死んででもエルバルに送り届ける。昔と状況は違うが、これは俺にとって一種の報復戦なのかもしれない。あの日に守れなかったものを、今度は守る。そういう戦いだ」

果たして、ツシマの言葉に喜んでいいものだろうか。ルプスの顔には、そんな感情がありありと出ていた。彼の想いは決して悪ではない。しかし、彼の身に帯びる邪悪な気配がルプスを困惑させていた。

「ツシマ。今のあなたは、少し怖いわ」

ルプスは、毛布の縁を握りながらツシマに語りかける。負の感情を纏った彼は、彼女の声で我に返った。闇に溶けそうなほど淀んでいた雰囲気が、煙のように引いていく。

「悪い。少し感情的になったな」

ツシマは椅子から腰を上げると、くすねた煙草を取り出した。慣れた煙草の感触を口にすると、いつもの調子に戻っていく。

「あなたの気持ちはうれしいけど、無理はしないで」

「大丈夫だ」

ツシマはルプスに言うというよりも、自分に言い聞かすようにつぶやく。そして取り出したオイルライターを擦ろうとして、手を止めた。

「そういえば、お前も情報師だったな。副流煙はマズいか」

「そう思うんだったら、禁煙すればいいのに。そもそも、私が情報師でなくても——」

「わかった、わかった。いちいち言わなくていい」

ツシマはすっかり普段の調子に戻り、渋々ライターをしまう。しかし、くわえた煙草をしまわないところを見るに未練がましい感情が見て取れた。

「明日は中海まで飛ぶのよね」

「そうだ。順調にいけば、明日のうちにエルバルへ向かう船が見つかるかもしれない。今日のうちに亡命後にやりたいことリストでも作っておけ」

「気が早いわね。でも、ありがとう」

ルプスは毛布の下でクスリと笑い、寝返りを打った。流れる彼女の銀色の髪が、数分もしないうちに寝息に合わせて波打ち始める。

ツシマは彼女の背中を見つめながら、くわえた煙草を上下に揺らした。あれこれと話しすぎたという後悔を覚えながらも、改めて自分の心の中にある彼女を救いたいと願う気持ちの正体に気がついていた。

「因果は巡り戻ってくる、か」

時間の流れとともに蓋をしていたはずの、重たい感情が目を覚ます気配を感じる。ツシマは薄暗い部屋の片隅で、鈍い青の光を目に宿していた。

＊＊＊

「見て！　ツシマ！　あれってエルバルじゃない？」

「いいや。この高度からはまだ見えないだろう。あれはもっと近くにある小島だ」

「そうなの？　なんだ、つまんないの」

激しいプロペラ音の響く機内で、ルプスがはしゃいでいる。ツシマは狭い機内に押し込められて憂鬱な気分だったが、彼女の弾けるような笑顔を見て少しだけ気分が晴れた気がした。

早朝、老人は離れに格納されていた飛行機を淡々と飛ばした。飛行機は二人乗り用の小型なもので、コクピットの後部座席に無理やり二人座ることで三人乗りにしていた。

なので当然だが、後部座席はパンパンだ。何よりも顎下でルプスの頭が右左に良く動くので、かなり鬱陶しい。

今朝から、ルプスはやけに元気だった。それは、いよいよ見えてきた亡命の成功に向けての希望そのものが生み出す感情なのだろう。

「ねぇ、中海から乗る船ってどういう船？」

ヘッドセット越しに話しかけてくるルプスが顔を上げた。面倒くさそうに顔をしかめつつ、ツシマは答える。

「乗るとすれば密航船だ。客船や高速船ではないから、余り乗り心地は期待するな」

「へぇ～、楽しみじゃない。実は私ね、船に乗るの初めてなのよ。大体の移動は飛行機か車だったから」

身振り手振りで話し始めたルプスは、少しだけ過去を思い出して顔色を暗くする。

しかし、すぐに目の色に輝きを取り戻した。

「海の上を進むなんて、とっても気持ちがいいでしょうね。魚が泳いでいるのを見たり、鳥の声を聴いたり」

「そんな優雅なものではないが、まぁ乗ればわかる」

ツシマは何度も乗った密航船の不愉快さを思い出しつつ視線を外に向ける。

座席から見える外の景色は、息をのむほどに美しい。重なる青い山々の向こうに海が見え、白い雲が太陽の光の下で眩しいほどに輝いている。まるで希望に満ち満ちているルプスの心をそのまま表したような景色だった。

しかし、ツシマは心の中に小さな不安を残していた。六帝剣が出てくるほどの状況だ。何があってもおかしくはない。

そんなツシマの不安をよそに、ルプスが再び彼を見上げる。その拍子に彼女の小さな頭がツシマの顎に直撃した。鈍い衝撃に、険しい視線を向けるとルプスは申し訳なさそうに苦笑いを浮かべた。

「ごめん。もしかして私、はしゃぎすぎ?」

「やっと気が付いたか」

「そうよね。悪かったわよ。でも、やっとこの国を出られるかと思ったら、なんだかうれしくて」

席に座りながら貧乏ゆすりで膝を揺らし、ルプスは窓の外を見る。彼女にとってこの景色は自由そのものなのだ。辛い現実がうごめく地上から逃れ、空高くを舞うこの瞬間くらいのぼせていてもいいだろう。

　ツシマは軽いため息をついてルプスの肩を叩く。

「それで、エルバルに着いたら何をやりたいんだ。昨晩、リストを作っておけと言っただろ？」

「え？　それは、いっぱいあるんだけど」

　急に真剣な表情に変わったルプスは細い指先を折りながら呟き始める。

「売店でお菓子とか買ってみたいし、く、く、くれーぷって食べ物を食べてみたいわね。あと、こんなに大きなピザがあるって聞いたから、それも食べたいわ。あとあと、可愛い洋服も欲しいし、学校の帰りに映画館にも行ってみたい。それに」

「待て待て。まずはどれが一番やりたい事か順番を付けろ。片っ端からだと収拾がつかん」

　堪え切れずに口を出したツシマを、ルプスは不思議そうに見つめた。そして、ゆっくりと目を見開いていく。ツシマはなんだか嫌な予感がした。

「もしかしてツシマ、私の夢を叶えてくれようとしてる？」

「……ものによる。どうせ同じ都市に暮らすことになるんだ。多少の付き合いは残るだろう」

「ほんとに？　やった！　じゃあ、まずは一緒にく、く、くれーぷね」

「それは、勘弁してくれ」

　エルバルの街中でルプスと一緒にクレープをむさぼる光景を想像し、ツシマは渋い顔をする。

「なんでよ!」

ツシマの態度を見たルプスが、今度は意図的に頭をツシマの顎にぶつけてくる。突きあがる顎の衝撃と痛みに、ツシマは彼女へ大人気なく言い返す。

「痛いな! やめろ!」

「ちょっとは私に付き合ってくれてもいいでしょ! そういう時だけ大人ぶって!」

「大人ぶってるわけではない。大人なんだ」

「さぁ? それはどうだか。結構むきになるところがあるでしょ。知ってるわよ」

妙な言い合いを始めた二人を、前の座席に座る老人が心配そうに見てくる。通信が二人だけの間で行われているのに気が付き、老人は気まずそうに通信を開いた。

「イチャついとるところ悪いがの、あと十分で降下を始めるぞ。準備してくれ」

老人はヘッドセット越しに言いながら、後部座席を見る鏡でツシマに視線を送った。狭い座席内でモミクシャになっていたツシマは髪を手で直しながら、体面を取り繕う。

「あぁ。体の固定は済んでる。順次進めてくれ」

「あいよ」

操縦桿を握った老人の手の動きに合わせて飛行機は、着陸予定地へ向けて機首を傾けた。

その時、ツシマは雲の合間に光る何かに気が付く。眩い太陽光のような激しい閃光が視界に入ったかと思った次の瞬間、機体が大きく揺れた。

「なんじゃ！」

機体の一部が破片となり大空に飛び散った。それと同時にプロペラが回転を弱めていく。飛行機は不安定な挙動をはじめ、老人は慌てて操縦桿を握り込んだ。

「急に何よ！」

「喋るな！　舌を噛むぞ！」

悲鳴交じりに声を上げたルプスの頭を押さえて、ツシマはキャノピーの外を見渡した。

これは何かのトラブルではない。明らかに攻撃だ。しかし、こんな上空を飛ぶ小型飛行機を攻撃できる方法など数えるほどもない。

間違いなく情報師の仕業だ。しかも、かなりの精度で構築されたコード執行に違いない。

背中を走る悪寒を振り払うようにツシマは叫ぶ。

「じじぃ！　キャノピーを外せ！」

コクピットにツシマの声が響く。老人は機体制御をこなしながら、緊急用のキャノピーパージを行った。それと同時にツシマは臨戦態勢に入る。体を固定するベルトを外して立ち上がった。

しかし、敵の動きはツシマの予想よりも遥かに速かった。

キャノピーが外れたと同時に、太陽の光を背にして身を隠しながら接近していた影が、飛行機の機首に着地する。機体が大きく揺さぶられ、ツシマはバランスを崩して膝をついた。

頭上に人の影が差し、ツシマは顔を上げる。そこには見覚えのある紺色に臙脂色の刺繍が入った軍服を着た女の姿があった。

人間離れした肌の白さと、光を吸い取ったかのような白色の長髪を揺らす情報師は、ツシマを見下ろす。彼女の両眼は黄金色の瞳をしていながら、情報師のコード執行を示す青い輝きを帯びていた。

突如として現れた情報師の女を見て、ルプスは震え上がる。

「フィーネ・プリムス？　どうして貴女がこんなところに」

絶望の感情を乗せて口にした情報師の名を聞き、ツシマは脳内で途中まで組み上げていたコードを破棄した。

六帝剣の中でも、フィーネ・プリムスの名前は有名だ。『光芒の情報師』と呼ばれる彼女は、数多の戦場で屍の山を築き上げてきた英雄的な十一等位情報師だ。同じ六帝剣のカヌスですら、彼女の前では名が霞む。名実ともに六帝剣でも最高峰の戦力が、彼女だった。

そんな化け物が二人の目と鼻の先にいる。先手を取られ、守るべき対象が完璧に殺傷圏内にいる状況では、いくらツシマでも対処のしようがない。

仕方なく、ツシマは黙って両手を上げた。降参のポーズだ。それを見てフィーネは他人事のように「賢明な判断だ」と言った。

「俺たちを殺すつもりなら、初撃で撃墜できたはずだ。目的は何だ？」

ツシマは相手の出方を窺うように聞いた。対してフィーネは無感情な表情のまま答える。

「我が主の命により、お前たちを連れていく。抵抗すれば殺す」

「分かった。抵抗はしない」

無抵抗の意志を確認したフィーネは、眉一つ動かさず何かのコードを執行する。

すると、眩い光の帯が空中に形成され、飛行機を締め付けるように取り巻いていく。金属の機体がミシミシと軋み、完全に覆い尽くすと謎の浮遊感が三人を包んだ。

どういうコードを執行すれば、このような現象が起こるのか。全く理解できない。だが、落下していた飛行機は再び空を飛び始めていた。

目の前まで迫っていた目的地を見下ろし、飛行機は機首を東の方角へ向ける。どうやらこれから向かう先は、首都バルガらしい。今のツシマたちが、最も向かいたくない場所だった。

もはや舵の利かない船と化した飛行機の上で、ツシマはルプスが震えていることに気が付いた。恐怖で震えているだけではない。背を丸め、足元を見つめたまま一言も発せず彼女は顔を青くしていた。

一度は希望を見出し、願い憧れた世界に手が届きかけていたのだ。そこで、再び現れた六帝剣の手によって、最も恐れていた首都へと引き戻される。それが意味することは、絶望だ。

その気配だけを感じながら、ツシマはやりきれない気持ちで舌打ちをした。

まるで神々の加護を具現化したような光に包まれ、ツシマたちは再び地獄へと向かっていく。

先ほどまでは希望の極彩色に見えていた世界の景色が、今はモノクロに見えた。

# 三章

首都バルガはシェルンと比べると、やや都市としての密度は低い。広大な海岸平野に建設された都市ということもあるのだろう。歴史的な建物の多い、開けた街並みをしていた。

首都の中心地から東へ十キロほど。街の景色を一望できる丘の上に、時を感じさせる古く威厳のある屋敷が立っている。その屋敷の一室にツシマたちは軟禁されていた。

飛行機を降ろされた後、老人は無事に解放されたがルプスとツシマは当然のように屋敷に案内された。それから何の音沙汰もなく時間だけが過ぎている。

ツシマは退屈しのぎに窓の外を眺めていた視線を部屋の中に戻す。

暖炉の薪が燃える部屋の中で、ルプスは大きな一人がけのソファの上で膝を抱えて座っていた。この部屋に着いてからというもの、泣き続けていた彼女の目元は赤く擦り切れている。

陰鬱とした雰囲気の流れる部屋の中で、ついに我慢しきれなくなったツシマは煙草を取り出した。オイルライターの火を煙草の先に触れさせた時、久々にルプスと視線が交差する。彼女はただでさえ泣き疲れた目を、更に細くした。

「こんな時でも、煙草は吸うのね」

広い部屋の中にぽつりと呟きを落としたルプスの言葉が、やけに重たくツシマの肩にのしかかる。ツシマは静かに味のしない煙を吐き出した。

「そう、嫌味を言うな。あの状況で逃げるのは難しかった。それに奴の目的はお前の命ではない。それが分かっていたから、一番生存率の高い選択をした」

「嫌味じゃないわ。それにツシマを責めてる訳じゃないの。でも、この気持ちをどう処理したらいいのか分からなくて」

　膝の中に顔をうずめたルプスは、再び言葉じりを震わせていた。

　だが、ツシマも同じように気落ちしている場合ではない。次の手を考えるべく、彼は咥え煙草のまま情報を整理する。

「フィーネは、我が主と言っていたな。奴は誰に仕えている？」

　ツシマの問いかけに、ルプスは瞳に涙をためたまま顔をわずかに上げた。

「六帝剣の主は皇帝よ。でも、彼女の言っていた主というのは、彼女を騎士に任命した第一皇子の事だと思う」

「第一皇子というと、カウサ・インサニアか」

　ツシマは苦虫をかみつぶしたような表情でその名前をつぶやいた。

　バルガ帝国を率いる皇帝の長子にして皇位継承者候補筆頭に挙げられるカウサ・インサニアは、世界有数の知略家として知られている。その道では一騎当千の実力を持つエルバル市長のタチバナをもってしても曲者と言わしめる人物だった。

　まさか、ここで第二皇子のみならず、第一皇子までもが関与してくるとは想像もしていなかった。ツシマはいよいよきな臭くなってきたとばかりに、眉を顰める。

「なぜ、奴がお前の亡命に関わってくる？」

「分からない。でも、あの人が興味を示すのは、いつも自分の利益になるか否か。それだけよ」

「お前の亡命が、奴の利益に関わるという事か」

「さぁ。何があの人にとって利益になるのかなんて分からないわ。でも、きっと何かがある」

ルプスはそう語ると、部屋の外へ続く扉に視線を向けた。誰かが部屋の前まで歩いてくる気配がした。

ルプスが顔を上げてから時間を置かず、部屋の扉がノックもなしに開いた。軋みを上げる蝶番の音。分厚い扉の向こうには淡く発光して見えるほどに白い肌をしたフィーネの姿があった。

彼女は部屋を一瞥し、抑揚のない口調で簡潔に用件を告げる。

「二人とも、来い」

煙を吐き出し、ツシマはまだ長い煙草を窓の縁でもみ消す。

「さて、どこに連れていくつもりだ？」

ツシマの軽口に、フィーネは彼を一瞥した。しかし、それ以上の問答はない。

ツシマは渋々といった様子で重い足を動かした。

「答えるつもりはなし、か。仕方がない。行くぞ」

ツシマに促され、弱々しくルプスは立ち上がった。

二人はフィーネの誘導に従い、屋敷の中を進む。やけに広い廊下を歩き、階段を上った先で、とある一室に案内された。

装飾の少ないシンプルな部屋には、無数の書籍が詰め込まれた本棚が並び立っている。その部屋の中央に、ローテーブルを挟んで二脚のソファが並べ置かれていた。その片方には、既に一人の男が鎮座している。

男は美しい金髪のオールバックで蛇のような鋭い真っ赤な目をしていた。高級そうな生地で編まれた白い軍服には無駄な飾りはなく、洗練されたデザインをしている。表情はどことなく余裕を匂わせ、にじみ出るカリスマ性が彼の姿をより大きく見せていた。

ツシマは一目で彼がカウサ・インサニアだと理解した。明らかに格の違いが見える。

カウサは一呼吸おいてから来客に気が付いた風に顔を上げた。そして、じっくりとツシマを眺めてから、背後のルプスに微笑みかけた。

「やあ、久しいな。我が妹よ」

「ご無沙汰しております。カウサ兄さま」

「今回は少し手荒な形で連れてくることになってしまって申し訳なかったね。さぁ、かけたまえ」

カウサはいかにも敵意無さげに正面の椅子にルプスを招いた。

しかし、ルプスは一瞬、躊躇する。背後に立つツシマを見上げて答えを求めてきた。

「安心しろ。俺が付いてる」

カウサへの睨みを利かせたまま、ツシマはルプスの肩に手を置いた。それでもまだ不安げな様子を見せたが、彼女はゆっくりとソファへ腰を下ろす。

ツシマは当然、彼女の後ろに立ち、それと対抗するようにカウサの背後にはフィーネが位置取った。

いよいよ始まる。そんな気配を感じながら、ツシマは気を引き締め直した。二人のやり取りを見守っていたカウサが、ゆっくりと口火を切る。

「今回の件、風の噂で色々と聞いているよ。どうやら、あのロス・ルーベルの策略にまんまと嵌ってしまったようだね、ルプス？」

「私の愚かさ故の結果です」

カウサの問いかけに、ルプスはやや後ろめたそうに顔を背けた。

「そうかもしれないね。だが、優秀な護衛のおかげで生き延びている。結果的には無事でよかった」

そう口にして、カウサは自然な流れで視線をツシマへ向けた。

「しかし、あのまま中海に降り立てば無事では済まなかっただろう。あの場所には既に第四師団に加えて、六帝剣カヌス・ミーレスも待ち構えていた。流石のツシマ・リンドウでも、両者

を同時に相手取るには力不足は否めなかったんじゃないか？」

当然のようにツシマの名前を口にし、カウサは軽く片眉を上げた。事前の調べは十分に済んでいる。そう示すような態度だ。

ツシマは険しい表情のまま、小さく首をかしげる。

「つまり、あんたは俺たちを救ったと言いたい訳か？」

ツシマの不遜な態度に、カウサは朗らかに返す。

「そう捉える事もできるが、それはこれからの返答次第ではないかな」

頬杖をついていた手を組み直し、カウサは少しばかり圧力を強めた物言いに切り替えた。

「皇位継承権を持つ皇族が国外に逃げることの意味、それはすなわち帝国への反逆だ。私は今すぐにここで君たちを捕らえて、皇帝の前に引きずり出すこともできるのだよ」

「だがあんたはそれをしない。何か訳があるんだろう？」

カウサは答えを急かすツシマを焦らすように、絶妙な沈黙を挟んだ。そして挑発とも受け取れる口調で返す。

「何をそんなに焦っている。落ち着きたまえよ、ツシマ・リンドウ？」

これにはさすがのツシマも苛立った。瞼がピクリと動き、彼の憤りが表情に出た。

その時、危機感を抱いたルプスが両者の間に割って入る。

「今の口調をお聞きする限り、カウサ兄さまは今回の件について、色々とご存じだったように聞こえますが。一体、どこまでお関わりになっているのですか？」

　ガラス細工のように儚く見えるルプスは、カウサを正面にとらえて言う。ここで彼女が会話に割って入るとは思っていなかったのだろう。

　カウサは少しだけ目を開き、話を本筋に戻す。

「もちろん、第二皇子ロス・ルーベルが昔から君を排除しようとしていたのは知っていた。君の騎士を籠絡し、裏切らせることで精神的に追い詰め、亡命への道筋をたどらせていたのは彼で間違いない。その道具にまさか嵐の丘を使うとは思ってもいなかったが。彼も業の深い男だ」

「カヌスから嵐の丘は、ロス兄さまの傀儡だと聞きました」

「あぁ。そうだよ。嵐の丘は元々、皇帝陛下の主導で作られた組織でね。国内の不穏分子を洗い出す事が目的だった。表向きは反政府組織という事になっているが、それはあくまで表向きの話。運営に関しては皇帝陛下から引き継ぐ形で、現在はロスが統治管理しているようだ」

　カウサは淡々と答えを告げながら、目の前に座るルプスの足元から首筋まで視線を流す。まるで彼女の力量を見定めるような視線だった。

　そして、小さな吐息をこぼす。

「こまごまとした問答をしていても仕方がないね。君には少々酷な話だが、全てを告げたほうが話が早そうだ」

カウサはそう言うと、背後のフィーネへ手を差し出す。一瞥もすることなく、差し出された書類を受け取ると彼はローテーブルの上にそれを置いた。

ルプスは一度大きく喉を動かし、その書類に手を伸ばす。封をそっと開けると中には無数の写真と記録の文章が見えた。

「ロス・ルーベルが嵐の丘を用いて国内で何をしていたのか、私が独自に調べたものだ。そこにある重要機密事項の書類に書かれた『希望の旗作戦』というのが、今まで君が関わってきたものだよ」

組んだ足の上に更に腕を重ね、カウサはルプスが文章の中に該当の項目を見つけたのを確認して語りだす。

「どうやらロス・ルーベルは、君が幼少期の頃からこの計画を進めていたようだ。一部の皇族の間で噂されていた、君が情報師の血統を持つという事実を確認した上で、いかに有益に殺すかという算段を立てていたらしい」

書類をめくるルプスの手が震えている。見たくない事実を目の当たりにして、彼女の心が軋みを上げていた。

まずいな、とツシマは心の中で呟く。ルプスはただでさえ満身創痍の状態だ。これ以上の負荷は彼女の心が壊れかねない。

ツシマは彼女のフォローに出ようとしたが、彼の動きをカウサの殺気が止める。温室育ちの皇族が放つにしてはあまりにも鋭く、ピンポイントに狙い澄まされた殺気にツシマは手を止めた。

　今まさに面白いところなのだから、邪魔をするな。カウサはそういう意思を感じる顔つきをしている。何か余計なことをすれば、背後のフィーネが動く算段だろう。僅かに感じるフィーネの気配に、ツシマは黙るしかない。

「こんなにも、前から。私を、利用してたのね」

　ルプスは言葉を震わせていた。

　そこに書かれた文章には綿密に組まれたルプス暗殺計画があった。

　幼少期から息の掛かった騎士をすり寄らせ、信頼させる。周囲からの攻撃により皇族内から孤立させる手順や、亡命という決断へ誘導させる長期的な洗脳、そして国民の支持を集めるための活動分析と実行まであらゆることが書かれていた。

　それらはルプスという少女が歩んできた人生の大部分を占めるものであり、彼女の自尊心を崩壊させるには十分な事実だった。

　ルプスは堪えていたはずの涙が頬を伝い、咄嗟に資料で顔を隠した。この局面で彼女の弱みを隠すのが、ここまで彼女を追いこんだ計画を記した書類とは皮肉が効いている。

「それにあるように、希望の旗作戦の最終段階では、亡命に失敗し国内に残ることになった皇女を旗印に国内の不穏分子を総集結させる。それを第二皇子率いる第四師団によって皇女諸共反逆者として殲滅する、という筋書きだったようだ」

これが他者の人生を狂わせる計画を語るときの口調だろうか。そう思うほど淡々と、感情なく語りを終えたカウサは組んだ足を解いた。

ルプスはもはや声にならない言葉を口にしようとする。しかし、何度も掠れた嗚咽がこぼれるだけで、言葉が出てこなかった。ようやく、声が出たときには、か弱い少女の泣き声が交じり聞こえてきた。

「こんな、こんなことって――」

強く握りしめた文書の束で顔を覆い隠したまま、ルプスは背中を震わせて屈みこんだ。彼女にはもう立ち上がる力すら残っていない。徹底的に潰された彼女の背中に、ツシマはそっと手を添える。

「だが、計画は予定通りにはならなかったらしいな。コイツはまだ死んでもいなければ、亡命失敗もしていない」

ツシマがそう言うと、カウサは同調するように頷き返した。

「その通りだ。全ては君という異分子の登場によって台本は書き直されたのだよ。ツシマ・リンドウ」

カウサは楽し気にそう言うとツシマを真っ直ぐに指さす。

「ロスの筋書きをことごとく覆し、挙句の果てには六帝剣まで退けた君は、危うくルプスを亡命させかけた。それがロスを本気にさせてしまったらしい。彼はもはや体裁など気にしない。どんな手を使ってでも君たちを殺すつもりだろうね」

カウサの語りは実に効果的なものだった。

残酷な事実の開示によりルプスの心を完全に打ち砕き、退路のない現状を説明することで絶望を演出する。それらは全て、彼がこれから提示する交渉を優位に進めるための前段に過ぎない。

つまりここからが本題だ。

ツシマはルプスに代わって、カウサという化け物と向かい合った。

「それで、ここぞとばかりにあんたが首を突っ込んできたって訳か」

「君から見たら、そう見えるかもしれないね。だが事実は違うよ」

得意げに言い放ち、カウサは独特な笑みを作った。ルプスの様な小娘相手に見せる顔ではない。悪意と憎悪が入り混じる大人の世界にある顔だ。

「私は昔から第二皇子ロス・ルーベルが邪魔でね。彼の暴力の才能は確かに高い。しかし、単純な暴力は、いつかこの国の不利益になる。要は早々に表舞台から退いてもらいたいと考えていたのだよ」

気持ちが高揚してきたのだろうか。本題に入り、カウサはより饒舌になる。ツシマの反応など待たずに彼は続けた。

「そこで降って湧いたのが今回の件だ。これを利用して、私は彼に表舞台から退場してもらおうと考えた」

カウサはツシマへ目配せをして、もうここから先は分かるだろうと伝えてくる。その通りで、ツシマには彼がどこで話を落ち着けるかまで見え始めていた。

ツシマは虫唾が走り、舌打ちをする。

「そうか。それで、俺を利用しようと思いついた訳か」

「その通りだが、解釈が少し違うな。物事に偶然という事はなく、全ては必然で成り立っているものだよ」

カウサはもったいぶった言い方をすると、後付けするようにそっと囁いた。

「嵐の丘がエルバルから情報師を呼ぶにあたって、少々私の方で細工をさせてもらった。つまり、君をこの国に呼んだのは、この私だ」

カウサは堂々と言い切った。

やはりな、とツシマは心の中で溢す。エルバルの市長であるタチバナから仕事の依頼を受けたときから妙な感じはしていた。陰謀や策略の気配である。

それらの違和感がここに来て一気に繋がっていく。

今回の亡命事件は、初めからルプスだけの話ではなかった。第二皇子、第一皇子、エルバル独立都市、バルガ帝国、あらゆる組織と個人による思惑がうごめき合った物語だったのだ。

これはあまりにも、ルプス一人に背負わせるには重すぎる。国家同士の策略である。胸糞悪いことに、たった一人の少女を取り囲む大人たちが、利益と願望を我が物にしようと手を伸ばし合う薄汚い争いを繰り広げていた。それも本人の意思とは無関係に、だ。

ツシマは反吐が出そうな気分で、ポケットから煙草を取り出す。そして、見せつける様に煙を吐き出した。

「全てはあんたの手のひらの上だったって事か。どうりで上機嫌なわけだ。それで、あんたは俺に何をして欲しい？　大人ならはっきりと自分の口で言え」

カウサはツシマの大柄な態度を見て実に嬉しそうに微笑む。自らが語らなくとも、真意を先にとらえるツシマの性質に喜んでいた。

「ロス・ルーベルと、その騎士カヌス・ミーレスを殺せ。そうすれば、ルプスをエルバルへ亡命させてやる」

「分かった」

ツシマは間髪を容れずに二つ返事で答えた。カウサとツシマのやり取りはほんの数秒で完結する。その事実に間をおいて気が付いたルプスが、酷い面であることも忘れて顔を上げた。

「ツシマ!?」

ルプスが何かを語ろうと口を開いたが、ツシマがその口を手で制した。既に彼の覚悟は決まっている。

ルプスをエルバルに送り届けることは、彼女のためだけではなく彼自身の問題にもなっていた。過去の自分に出来なかったことを、今こそ成し遂げる。その為ならば、手段を選んではいられない。

ツシマは咥え煙草でルプスを見下ろしてから、喧嘩腰の視線をカウサへ向ける。

「三日だ。三日で二人を殺してやる。その代わり、あんたも約束を違えるなよ。三日以内にコイツをエルバルに送り届けろ」

「いいだろう。それで契約成立だ」

上品に頷いたカウサはソファから腰を上げた。ズボンの埃を落とすように叩くと、最後にツシマに握手を求める。ツシマも嫌々ながらその握手に応じた。

「では、結果報告を楽しみにしているよ」

別れの挨拶を済ませ、カウサは部屋から出ていこうとする。その時、ツシマとすれ違いざまに彼は思い出したかのように手を打った。

「そうだ、忘れていた。タチバナ市長から君宛に手紙を預かっていたんだ。いやはや、彼はこうなることまで予見していたらしい。どこまでも恐ろしい人だ」

そう言いながらカウサは軍服の裏から黒いカードを手渡してくる。それを見ただけで、ツシマにはそれが本当にタチバナからの手紙だと分かった。

その黒いカードはブラックカードと呼ばれる。指定の情報師にしか中身を閲覧する事ができない特殊な機構を組み込んだものだ。エルバル独立都市に本社を構えるツクモ重工のみが製造できる特殊製品である。

　ツシマがカードを受け取ると、カウサは嫌にぐっと身を寄せてきた。ルプスに聞こえないように、彼はツシマの耳元で囁きかける。

「随分とタチバナ市長と仲が良いようだね。一体、君は何者なのかな？」

　そっと微笑むカウサに対して、ツシマは興味無さそうに煙草の煙を吐き出す。天井に上る煙を見上げて、ツシマは砕けた口調で返した。

「ただの七等位情報師だ。それが答えでは、不満か？」

　立場の差を無視した嫌みを聞き、なぜかカウサは嬉しげに微笑んだ。

「君は実に良い。面白い奴だ。是非、また会いたいものだ」

　最後の一言を残して立ち去っていくカウサ達を見送り、ツシマは煙草を床に落として靴底でもみ消す。そして肩の力を抜いた。

　完全にカウサ達が部屋を出た直後、ルプスが勢いよく席を立つ気配がする。

　思ったよりもルプスの動きが速く、ツシマは身をひるがえす事が出来なかった。懐に入ってくる小さな体は、当然のようにツシマの胸ぐらを掴んだ。

「ツシマ、あなた何を約束したか分かってるの？　皇族を殺す約束をしたのよ？」

「あぁ。俺もそのつもりだ」

「違う！　皇族を殺すってことがどういうことか分かってるのかって聞いてるの！」

さっきまで魂が抜けたように潰れかかっていた少女とは思えない。烈火のような目がツシマを見上げていた。

「皇族を殺せば、皇帝は間違いなくあなたを逃がさない。この国から出るどころか、明日生きていられるかもわからないわ。カヌスだけじゃない、他の六帝剣も出て来るわよ。あなたにそれを逃れるすべがあるの？」

「逆境には慣れている方だ。それに言ったはずだ。お前のことは俺が守る、と」

「そのためだったら、自分は死んでいいって、そういうこと？」

ルプスは怒りの感情から、急に悲し気な表情を見せる。嘘偽りのない真っ直ぐな感情に対抗するかのように、ツシマは落ち着いた口調で返した。

「これ以上、お前が重荷を背負う必要はない。ここから先は、俺がまとめて片をつけてやる。お前はエルバルに行って新しい人生を始めればいい。それですべてが解決する」

「違う。違うわ、ツシマ」

ルプスは大きく横に首を振りながら震える声でそう言った。

「私は、あなたに死んでほしくないの。誰も私のために死んでなんて頼んでない。ただ、私を一緒にエルバルへ連れてってとお願いしたのよ」

もう、ルプスは感情にまみれた顔を隠すことはなかった。小さな口は僅かに開き、いびつに曲がっている。大きな瞳から流れ出る涙が、紅潮した頬を伝い床に落ちていった。

ツシマはルプスを見下ろし、胸が裂けるような心の痛みを覚える。

だが、それでもツシマは彼女を強く押し返した。

「以前は、俺に覚悟が足りていなかった。死を代償にするほどの覚悟が。だから大切な人を、シオンを永遠に失った。だが、二の舞は演じない。今回は必ずお前をエルバルに送り届ける。安心しろ」

強気なツシマも、最後には口調を弱めた。感情を隠すことなくぶつけてくるルプスの姿に、彼も残酷にはなれなかったのかもしれない。

だが、ルプスは彼の想像の斜め上を行く。

唐突にスパーンという音が部屋に響いた。ルプスが思いっきりツシマの頬を平手打ちしたのだ。あまりにもいきなりに振り抜かれた彼女の手のひらに、彼は完全に虚を衝かれた。

続くのは、少女の叫び声だった。

「この、分からず屋！　私はあなたの想うシオンじゃないのよ。いつまでも昔の女と私を重ねないで！」

ツシマは叩かれた頬に触れながらルプスを見下ろす。何が起きたのか困惑する彼の視界に、堪忍袋の緒が切れた少女の姿が映る。

「私の人生は、ほとんどをロスに作られたものだった。本当の自分を隠し続け、嘘と偽りだらけの張りぼてだった。でも、ツシマは本当の私を見てくれていると思っていたのよ。それなのに、なによ。どうしてシオンなんて知りもしない過去の女に重ねられて、悲劇のヒロインに仕立て上げられるの。そんなのお断りよ。一体何様のつもり!?」

ルプスはもうどんな感情が入り混じっているかも分からない顔で、再びツシマの胸ぐらを摑んだ。今度はツシマに押し返されないほど、強く自分の体に引きつける。

嫌でも彼女の顔を見ざるを得なくなったツシマは、彼女の勢いに思わず息をのんだ。

「いい？　私は、ルプス・フィーリアよ。あなたが助けられなかったシオンじゃないの。だから、私のために死のうなんて考えないで」

悲痛な感情がこもったルプスの言葉は、世界中のどんな金属よりも重たくツシマの心にのしかかった。

自分でも薄々気が付いていた。ツシマはルプスにかつて失った想い人のシオンを重ねていると。それはいつしかルプス本人を否定し、シオンの面影がルプスを覆い隠すほど、ツシマの感情を支配しつつあった。

だが、今こうして彼の頬を叩くのは、紛れもなくルプスだった。記憶の中で微笑むシオンではない。

ツシマは視線を落とし、目を閉じた。

「すまなかった。だが、どうしても、お前を見ているとシオンの影がちらつくんだ」

「そうでしょうね。分かるわ。大切な人だったんだから。でもね、ツシマ?」

怒りに震えていたルプスは、潤んだ瞳のままツシマの頬を両手で包む。そして、自分の顔と正面から向き合わせた。吐息を感じるような距離で、二人は見つめ合う。

「目をそらさないで、私を見て。ここにいる私は、まだ生きている。あなたの隣に立っている。だから、本当のルプス・フィーリアをあなたに見ていて欲しいの」

ルプスはそう言うと、青かった瞳の色を赤く戻していく。コードの執行をやめたのだ。本来の彼女の瞳が、直接ツシマを射貫く。

目は口ほどにものを言う。彼女の強い意志が見える瞳を前に、ツシマは何かを悟った。

「お前、何を考えている?」

「お前じゃない。ちゃんと名前で呼んで」

「ルプス? 何を考えている?」

自らの名前を呼ばれたことで、ルプスは満足げな笑みを浮かべた。

「やっと、名前で呼んだわね。これからは私のことは名前で呼ぶこと」

彼女はツシマの顔をつかんでいた両手を離し、少し照れくさそうに後ろ手を組んで背を向けた。ツシマはその背中に一歩、歩み寄る。

「おい。質問に答えろ。何を考えている?」

ツシマの問い詰めに、ルプスは大きく息を吸って背筋を伸ばした。銀の髪がゆっくりと波打ち、光を放つ。そして彼女は覚悟を決めた口調で言った。

「ロスは、私が殺すわ」

ツシマは、一瞬彼女が何を言ったのか理解できなかった。その選択肢は全くといっていいほど頭になかったからだ。僅かに遅れて意味を理解したツシマは「何を言ってるんだ」と呟く。

「駄目だ。お前はまだ人を殺したことがないだろう。一度『殺し』に手をかければ、二度とそちらには戻れない。人を殺すということは、住む世界が変わるのと同じ事だ。ルプス、お前はこちら側に来るべきじゃない」

「それは、シオンがあなたの隣に立っていたから？　同じ場所にいて守れなかったから？」

「ち、違う。俺が言いたいのは」

珍しく動揺を見せるツシマがそこにいた。ルプスは長い髪を押さえながら振り返ると、凛とした表情のまま容赦なく言い返す。

「カウサ兄様からすべてを聞いて、やっと分かったの。これはあなたの戦いなんかじゃない。私の戦いだって。この戦いからはもう逃れられない。正面から向き合わないと、いつまでも私は誰かを犠牲にすることになる。あなたを、失うことになる」

ルプスははっきりと、意志のこもった言葉で語る。彼女を覆っていた幼さと弱さは見る影もない。ツシマは彼女の凛々しい姿に、思わず見とれてしまった。

「でもね。残念だけど、私一人では全部の敵は倒せない。だからあなたにも手伝って欲しい。

カヌスをあなたに任せる。きっとツシマなら倒せるわ。でも、どうあがいてもロスは私が倒すべき相手だと思うの。あいつは私の人生を狂わせ、作り物にした宿敵。自分の手で、決着をつけなきゃいけない」

まっすぐに見つめるルプスの紅い瞳には、強い覚悟の色が滲んでいた。これは梃子でも動かない。ツシマは静かに、最後の問いかけをする。

「本気、なんだな？」

「ええ。もう、あなたに守られるだけのか弱い少女じゃいられないわ。あなたの後ろで守られるだけじゃ嫌。隣に立たせて欲しいの。だから――」

ルプスは妙な間を空けると、胸元のネックレスをつかむ。そして、細い金の鎖を引きちぎった。

ルプスは握った拳をツシマに突き出すと、ゆっくりと手を開く。小さな手のひらの上には、二つの指輪が載っていた。一つは金の指輪。もう一つは黒ずんだ銀の指輪だ。

「私とあなたを対等にする。そして、お互い必ず生きて帰ると約束しましょう」

主と騎士は常に運命共同体だ。いかなる時も騎士は主を守り、最後の時まで主は騎士を尊ぶ。ルプスはその契りを今ここで交わそうというのだ。

「ここに片膝をついて」

僅かに躊躇を見せたツシマの腕を、ルプスが引いた。片膝をついたツシマの前で、ルプスは苦笑いを見せる。

「私の騎士になるのは嫌？」

「地位や権力とは無縁でいたい主義だからな。それに少し、動揺している」

「大丈夫。私は奔逸の皇女で、地位も権力もないわ。これは、私とあなた、二人の間だけの約束。いわば秘密の契りよ」

「秘密の契り、か」

その場でぽつりと言葉をこぼすと、ツシマは静かに頷いた。ルプスは彼の様子を肯定と受け取り、袖をまくる。

「本当なら、儀式用の剣でやるのだけれど、いいわよね」

そう言うと、ルプスは右手を剣に見立ててツシマの肩に載せた。彼女の細くしなやかな手が肩に触れ、ツシマは大人しく顔を伏せる。

ルプスは呼吸を整えて目を瞑った。

「汝、主が下に忠義と忠誠を誓い、日の昇らぬ灰の時代の先まで共にある事を誓え。汝、主が下に正義と平和を誓い、大地が燃える黒霧の時代の終わりまで共にあると誓え。汝、我が盾となり希望を守り、我が剣となり悪夢を滅せよ」

バルガ帝国に古くから伝わる騎士の契り。その文言を語り、ルプスは右手を下げた。これによってツシマはルプスの騎士として正式に任命されたことになる。

「これで、あなたは勝手に死ぬ事は出来なくなったわ」

「そうかもな」

「そうかも、じゃないわ。そうなの。だから、無茶はしないで。どんなに厳しい状況になっても、必ず生きて帰る方法を模索する。いいわね？」

すっかり立場が逆転してしまった様子でツシマは責められ、苦々しい表情を浮かべた。

「それはお互いに言えることなんだろう？　だったら俺のことよりも心配なのはお前の方だ。何か手立ては考えているのか？」

「そうね。それは、私に考えがあるの。だから、頼りないかもしれないけれど、私に任せてほしい。少しでも、あなたの荷物を私にも背負わせてほしいから。だから、あなたはあなたのするべきことに集中して」

ルプスは自信に満ちた瞳でツシマを見上げた。

＊＊＊

バルガ帝国の皇族たちは、普段から首都バルガの中央に位置する御所と呼ばれる場所で暮らしている。カウサのような変わり者は自らの別邸を各所に設けているが、警備上の都合で多くの皇族は御所からあまり外に出ることはなかった。

御所の中。石造りの外壁の内側には、綺麗に整備された芝生と道路が続いている。その一角にあるモダンな白レンガで建てられた屋敷の前に、ルプスは立っていた。

高鳴る鼓動を落ち着かせるように深呼吸を三回する。そして、意を決した彼女は屋敷の門をくぐる。

ルプスは新調した純白のドレスを身に着けていた。皇族としてふさわしい、美しくも儚さを伴った贅沢なドレスだ。彼女はあえてそのドレスを身に着けている。自らが進む血に濡れた道から、目を逸らしはしないという覚悟の証だ。

ルプスの姿は、可憐な容姿も手伝って非常に目立った。屋敷の中を歩けば使用人たちは驚きの表情と共に、彼女の姿に目を奪われていた。すれ違う使用人たちは、一様にして囁き合う。

「今のは、ルプス様でしょ？」

「他国へ亡命されていると聞いたが」

「どうしてここに？」

ルプスは彼らの囁きに僅かに顔をしかめた。

今、御所の中では皇女ルプス・フィーリアは他国へ逃げ延びようとする裏切り者として噂されている。これも、全て含めてロスの策だ。

胸糞悪くなる気持ちを胸に、ルプスは一人の執事を見つけて声をかけた。

「ロス・ルーベルはどこ？」

きっと彼女の口調が硬い事もあり、執事は数秒ほどルプスの姿を眺めた。それから、軽く頭を下げる。

「ロス様は奥の書斎にございます」

「そう。ありがとう」

ヒールをならし、ルプスは執事の言った部屋に向かって進みだした。

ルプスの進む道は自らの意思によって見定めたものではあるが、恐怖や迷いがないわけではなかった。彼女は自分の足が震えていることに気が付く。

一歩ずつロスのいる部屋に近づくたびに震えは強まっていく。緊張は高まり、胃の内容物が咽せ返ってきた。

かつての弱気な自分であれば、間違いなく逃げ帰っていただろう。だがルプスは震える足を無理矢理に前へと進めた。

こんなところでは引き返せない。自分のために命をかける人がいる。彼の想いに報い、自分の存在を示さなければ、本当の自分を取り戻せない。

ルプスは遂に、ロスの待ち受ける扉の前にやって来た。ノブに手を伸ばす前に、目を閉じて呼吸を整える。再び深呼吸を三回繰り返し、細い指に着けた金の指輪を見下ろした。

「私に、勇気と力を頂戴」

ルプスは指輪に向かって語り掛けると、改めて力強い感情を目に宿らせた。

そして扉を強く押し開ける。

あけ放たれた室内は、花の香りを彷彿とさせる高級紅茶の香りで満ちている。書斎と言うには広すぎる空間の中央に、今まさに紅茶を注ぐロス・ルーベルの姿があった。

皇族の証でもある金色の髪は長く伸ばされ、整った顔立ちはやや面長だ。赤い瞳に灯った好戦的な色は内面をそのまま表している様に鋭さを持っている。

ロスは突然開かれた扉に向けて、敵意をむき出しにした。ノックもなく、下賤の使用人が入ってきたのだと思ったのだろう。

しかし、来訪者は彼の予想を裏切る。

ドレス姿のルプスを見たロスは驚愕していた。紅茶を注ぐ姿勢を保ったまま、ロスは口を開けて止まっている。ティーカップから紅茶がこぼれ、床に滴る音でロスは我に返ってポットをテーブルの上に置いた。

「ル、ルプス？　何故、こんなところに」

「ご無沙汰しております。ロス兄さま」

ルプスはドレスの裾を持ち上げ、軽く会釈をする。ロスは動揺を隠せないまま、長い髪に手をかざす。

「御所内では君が国外へ亡命をしようとしていると噂になっているぞ。大丈夫なのか？」

実に白々しく、ロスはそう言った。

十中八九、その噂の出所はこの男であるにもかかわらずだ。

ルプスはロスを視界にとらえ、部屋の中に踏み込んでいく。その足取りに迷いはない。不思議にも、さっきまでの震えは消えていた。

ルプスは近くにあった豪奢な椅子を引っ張って、ロスの前に置く。そして「失礼」と一声かけてから腰を下ろした。

そして背筋を伸ばし、目の前の椅子を示す。

「どうぞ、お座りいただけますか？」

ルプスの口調はあくまで礼儀正しいが、断ればどうなるかは分からない危うさを伝える。

ロスは渋々と椅子に腰を下ろした。

お互い、手の届くような間合いに収まり、改めてルプスは上品に微笑む。

「ロス兄様。この度はご心配をおかけしたようで、申し訳ありません」

「あぁ、亡命などという悪い噂も広がっている。この話が皇帝陛下の耳に届けば一体、どんなことになるか。まずは誤解を解く方法を考えたほうが良いだろう。私に手伝えることがあれば言ってくれたまえ。力になる」

「ご配慮いただき有難うございます。ですが、もうロス兄さまには十分お世話になっております。これ以上はお手をお借りする必要もないか、と」

皮肉が効いている。決して本音を言わず、しかし確実に全てを知っているという雰囲気を漂わせる独特な物言いだった。

「君の世話をした覚えはあまりないが、一体なんの事かな」

ロスは必死に焦りや警戒を見せないようにしている。ポーカーフェイスは皇族の嗜みだ。隙さえあれば、この男の目は誰よりも正直だった。視界に収めたルプスを完全に敵対視している。

伏せてきたように、腰に下げたサーベルの錆にするつもりだ。気に入らない使用人を何度となく切り
ルプスは深く椅子に腰かけたまま、仮面のように取り繕った笑みを崩さない。

目の前のルプスも同様に殺せると思っている。

「ご説明いたしましょうか？　嵐の丘の件や亡命のお誘い、道中の殺人未遂などなど。思い返せば沢山ありますよ」

「一体、何の話だ？　身に覚えがないよ、ルプス」

ロスはしらを切った。そんな子供のような言い訳で話が通じるはずもない。だが、彼にとってルプスとは子供だましでやり通せる幼い人間という認識なのだ。

ロスの言い訳を聞いた瞬間、ルプスの瞳が青く光り輝いた。すると、虚空に走った僅かな歪みがロスの手にする紅茶のカップを砕いた。

床に零れ落ちたカップを目の当たりにして、ロスは僅かに眉を揺らす。彼の小さなプライドにひびが入った。薄い唇を震わせながら、ロスは濡れた膝をハンカチで拭う。

「何か勘違いをしているようだな。私が、一体何をしたというのだ？」

「ロス兄様が私の騎士に手を回していたことも、屋敷の中でやって来た嫌がらせも、全て分かった上で話しているんです。今更下手な言い訳や、誤魔化しがきくと思わないで頂けますか？」

ルプスが浮かべる偽りの笑顔に陰が射した。その表情を見て、ロスも彼女が今までのか弱い少女ではないと理解した。表情に真剣みが生まれる。

「そうか。そこまで分かっているのであれば、君も理解できているだろう。バルガ帝国の頂点にあり統括者でもある皇帝の血を引く我々に、君のような穢れた血を持つ者をのさばらせるわけにはいかないのだよ。せめて、皇帝の血を持つという名誉の分だけは、我らが祖国の為になる働きをさせてやろうと思っていたものを。結局は不良品という訳か」

もはや体面など気にすることも考えず、最後にはルプスを睨みつけつつ、ロスは感情をのせて言葉を口にした。徐々にこめかみに青筋を浮かばせ、牙をむき出しにする。

ルプスは彼の本性を目の当たりにして、自らも仮面を捨てた。

「不良品？　さて、それは果たしてどちらの事を指した言葉かしら。頭に血を上らせて自らの騎士であるカヌスを送り込むようでは、先が知れている」

「奴には騎士という肩書は与えたが、所詮はただの猟犬だ。貴様のようなウサギを狩る道具にすぎん」

「じゃあ、その道具に守られていなければ御所の外にも出られない。そんなあなたは猟犬以下かもしれないわね」

「なんだと？　カヌスがおらずとも、私はっ！」

ロスは感情的に口にして、自ら異変に気が付いた。青筋を立てていた額に、冷たい汗が滴る。

「待て、カヌスはどこにいる？」

「さぁ。ご自分の猟犬の事はご自分で把握したほうが良いわ」

ロスの動揺を誘うようにルプスは言い放つ。主の守り手であるはずの騎士カヌスは、屋敷にはいない。獲物を追いかけ、走り回ることに夢中だ。

ロスはそんなことにも気が付いていない。何かを求めるような視線をルプスへ向けてくる。

ルプスは呆れてものも言えなかった。

「ご自分の騎士がどこにいるかも知らないなんて。紅茶を飲んでいる場合じゃないのでは？」

挑発的に厭味ったらしい言い方をして、ルプスはドレスの裾をはためかせる。高圧的に白く艶やかな足を組んだ。

ロスは目のやり場に困り視線を泳がせると、額に手を当てて唸りを上げた。

「そういうことか。貴様なら全てを知ったとしても、必死に逃げるだけだと高を括っていたな。まさかあの情報師を囮に、自ら乗り込んでくるとは思わなかった」

「そう。甘く見積もられたものね。でもその考えは間違いじゃなかったわ。きっと以前の私なら全てを知って逃げ出してた。どんなに顔に泥を塗られても、後ろ指を指されても、地の果てまで逃げてたでしょうね。でも今は違う」

椅子の上で頬杖を突き、ルプスは素直に心情を語る。心の弱さを表に出せるという事は強さの裏打ちだ。ロスは明らかに変化したルプスを前に、喉を鳴らす。

「なにが、貴様をそこまで変えた？　私の策が狂った要因は一体なんだ？」

「私を本気にさせてしまったこと。良くも悪くも、それだけよ」

顎を突き出し、強気に言い放つルプス。ロスは悔し気に歯ぎしりをしている。

しかし、彼はまだ負けを認めるつもりはない。鼻で笑い、背もたれに寄りかかる。

「まぁ、いい。私の予想を外れた展開ではあるが、問題はこの後どうするつもりか、という事だよ。きっと君は私を殺すつもりだろう。だがそんな事をすれば、君は反逆の皇女として処刑されるぞ。逃げるにしても、相手は帝国そのものだ。私以上に力を持つ皇帝陛下や、皇族たちが貴様を狙う。内側に協力者でもいない限り、逃げることなど――」

ロスは自分で語りながら、何かに気が付いて言葉に詰まった。

この状況下でルプスに肩入れをするような味方はいないかのように思える。しかし、彼にとって最も強大かつ格上の相手が一瞬頭をよぎった。

彼のニヤつく顔を思い浮かべてロスは顔を真っ赤にして叫ぶ。

「まさか、カウサが裏にいるのか！」

上半身を椅子から起こして叫ぶロスを見て、ルプスは意地の悪い笑みを口元に作る。

「説明が省けてよかったわ。その通り、カウサ兄様の助けがあるわ。でも、タダではいかなかった。貴方を殺す事が私の身の安全を保障する条件よ。だから、私は自分の手を汚してでも明日を掴む。恨まないで、とは言わない。でもね、これはそっちが始めた戦争なのだから、諦めることね」

一層、語気を強めるルプスを前に、ロスは興奮した感情を抑えるように諭し始める。

「貴様は本当にあのカウサが味方だと思うのか？　良いように使われているとは、なぜ考えない。ここで二人ごと消すつもりかもしれないんだぞ」

ロスはあたかもそれらしい言葉を語った。

しかしそれは、彼にとっての時間稼ぎである。これでも多くの場数を踏んできた皇族の一人だ。ロスはほんの些細な希望を見つけていた。

美しいドレスから見える、ルプスの細指は震えていた。彼女にはまともに人を殺めた経験がない。土壇場で彼女はロスを殺すという事に躊躇するだろう。その一瞬で形勢を覆せる。そう確信したロスは、したたかに反撃の一瞬に集中し始めていた。

二人の間に漂う雰囲気に緊張感が走り出す。そこへ、ルプスの言葉が投下された。

「戯言は聞き飽きたわ。もう、ここで決着を付けましょう」

ルプスがロスの言葉に呆れた瞬間、突然口火が切られる。

ロスは素早い身のこなしで腰のサーベルに手を伸ばした。幼いころから鍛錬を積んだ彼の剣技は、卓越したものがある。今までの体たらくとは正反対に、無駄のない動きで引き抜かれたサーベルがルプスの首元へ伸びた。

まさしく一瞬の抜刀術。ルプスは椅子の背もたれに大きく身体を反らす。反動で残された美しい銀の髪がサーベルによって切り落とされ、剣先が彼女の頬を僅かに切り裂いた。

血の水滴が宙を漂う。その一滴の血液を挟んでルプスが目を光らせた。真っ青な光は誰よりも美しく気高い蒼穹の色に燃え上がる。

「ロス・ルーベルッッ！」

ルプスは強く口を噛みしめてコードを執行した。

反射的にルプスが頭の中で組み上げたコードは、ツシマが初めて教えてくれた熱変換のコードだった。執行されたコードが情報因子にアクセスすると同時に、彼女の背後に形成された熱線がロスの肩を貫く。

「アがァァ！」

ルプスの一撃を受けたロスは叫びをあげて床に転がり倒れた。唯一の武器であったサーベルが、地面に転がり落ちる。

「はぁはぁ」

一気に部屋の中に人間を焼いた臭いが立ちこめる。額に大粒の汗が湧き上がり、ルプスは肩で息をしていた。

初めて人間に向け、殺意を込めたコード執行を行った。その恐怖と興奮が、彼女の背中を押す。もう後戻りすることの出来ない坂道を転がり出した予感がする。

床をのたうち回っているロスを見下ろし、ルプスは床に落ちたサーベルを拾い上げた。

「まてぇ、よせぇぇ」

肩を押さえるロスに、ルプスはサーベルの切っ先を向ける。今からこの男を始末する。これで全てが終わるのだ。

生唾を飲み込み、ルプスは腹を据えた。重いサーベルを振り上げ、彼女は狙いを定める。

「この死をもって、貴方の罪を許しましょう。さようなら。愚かな男、ロス・ルーベル。これからその面を拝まなくていいことが、私にとっての最大の救いだわ」

「あぁぁ！」

断末魔を上げるロスへ、ルプスは渾身の一刀を振り下ろした。サーベルは重みも相まって、ロスの頭蓋骨を真っ二つに裁断した。首元まで抉り込んだ剣が勢いを止めると同時に、ルプスに大量の返り血が飛び散る。

最後の一瞬まで、ルプスは目を閉じなかった。自分が命を奪う相手の終わりの瞬間まで、はっきりと目に焼き付ける。

ルプスに地獄を見せ続けていた悪魔の男、ロス・ルーベルの最期は呆気ない。豪華絢爛な絨毯の上で頭を割られて血肉を滴らせる彼を見下ろし、ルプスは返り血にまみれた自分の手を見下ろす。

もう、手は震えていない。

「終わらせたわ。ちゃんと、自分の手で」

自分自身に言い聞かせ、ルプスは背筋を伸ばした。そして、あけ放たれた扉の向こうで血相を変えて見守る使用人を見た。

「後片付けを、お願いできるかしら」

ルプスは皇女らしい華やかな笑みを交えて言うと、何事もなかったかのように部屋を後にする。今度は、すれ違う使用人の誰一人として陰口を叩く者はいなかった。

ルプスが足早に屋敷を出ていくと、そこには黒塗りの車が停まっていた。車の前にはスーツを着込んだ運転手が姿勢を正して待っている。

彼はルプスを見ると、一切の動揺なく後部座席の扉を開けた。

「おかえりなさいませ。こちらへどうぞ」

ルプスは軽く礼を言うと、車の中へ乗り込んだ。

車内は二つの席が向かい合うリムジンのような形式になっている。彼女の向かいには、当たり前のように足を組んで座るカウサの姿があった。

「無事に終わったかい？」

「えぇ」

ルプスは平静を装っている。だが、収まることを知らない鼓動だけは隠しようがなかった。

これは決して簡単な行いではなかったのだ。今まで奪われるばかりであった彼女が、今度は奪う側になる。その決意は並大抵のものではないと同時に、未だに彼女の中で恐怖や後悔を含んだどす黒い感情となって存在していた。

カウサはいつもと変わらない微笑みと共に、ルプスへ水の入ったグラスを差し出した。

「これを飲むといい。少し落ち着くはずだよ」

「ありがとう、ございます」

ルプスは戸惑いながらも、カウサから差し出されたグラスを受け取った。彼女は腹の底から湧き上がってくる得体のしれない吐き気を押しとどめる為に、グラスの水を一息に飲み込む。

「いやはや、君から今回の提案をされた時は、まさかと思ったが。本当に自分の手で彼を殺すとは思わなかったよ」

揺れる車内でカウサは以前に見せていた笑みとは毛色の違う表情でルプスを見た。彼もまた、ルプスをか弱く幼い少女だと思っていたのだ。

だが、目の前にいるルプスは、以前とは全くの別人になっていた。

まだ興奮の冷めない目の色で、ルプスは正面のカウサを見る。

「これで、ロスは死に、私は失脚する。皇位継承権を持つ皇族が二人一度にいなくなった。後は兄様が約束を果たす番です」

「大丈夫だよ。十分に承知している。約束通り君の処刑を偽装しよう。エルバルへの亡命の手配もすでに終わらせてある」

カウサは持ち前の余裕を見せながら言った。

ルプスは、ツシマを騎士に任命した直後、カウサへ交渉を持ちかけていた。それはルプスが自らの手でロスを殺すことにより、反逆の皇女として皇位継承権を失うという筋書きだった。もちろんルプスはただで殺される気はない。裏でカウサの協力を得て処刑を偽装し、エルバルへと亡命する算段だった。

その提案はカウサの共犯なくしてはなし得ないものだったが、彼は驚きつつも快く提案を承諾した。そうして、ルプスたちはカウサという強力な後ろ盾を手にしていたのだった。

「空港まで十五分ほどで到着するかな。そこからは私の専用機を飛ばす。安心するといい。以前のように君を止めるものは誰もいない」

「そう願いたいものです」

ルプスは落ち着いてきた鼓動を確かめるように胸元に手を当て、窓の外を見た。北に見える山脈の尾根には重たい雪雲がかかっている。

「彼のことが心配かい？」

カウサはルプスの仕草ですぐに見当がついたようだ。彼女が気にしていることは追手などではない。ツシマの事だ。

ルプスはカウサの問いかけを無視するように、窓の外を見る目を険しくさせる。無視された事にカウサは肩をすくめた。

「ロスを殺す間、奴の騎士は現れなかった。それはつまり、彼がカヌスを引きつける事に成功している、ということだろう」

そう口にして、カウサもルプルの見つめる先に視線を向けた。

ロスとカヌスが一カ所に集まれば手の出しようがない。そう考えたツシマは、カヌスを引きつけるために一人で首都郊外へ向かっていた。彼が戻るのはカヌスを仕留めた後になるはずだ。それがいつになるかは誰にも分からない。だが、ルプスには確信があった。

「ツシマなら、必ず生きて戻ります。たとえ相手が六帝剣のカヌスであっても、必ず」

望まない未来を振り払うように、ルプスは強く言い切った。同調するように、カウサも首を縦に振る。

「そうかもしれないね。彼なら、あるいはそういった未来もあるかもしれない」

何か煙たい口調でカウサは言う。ルプスはその様子に嫌な気配を感じた。目の前のカウサは完璧なまでに本音を見せない微笑みの仮面をかぶったまま話し出す。

「彼、名前をツシマ・リンドウと言ったか。どうも彼のことが気になって、私の方でも彼が何者かを調べてみたんだ。目立った経歴もない平凡な情報師だったよ。あまりにも平凡過ぎる故にさらに調べを進めたら妙なことが分かってね」

そう言い、カウサは報告書の挟まったクリップボードを取り出した。ルプスは警戒するように眉間に力をこめる。

「彼の過去を調べると、どうにも不自然なのだよ。ジャバル奪還戦、エルバル独立戦争、その後の情報師組合の履歴を調べても、彼の当時を記す写真のひとつも出てこない。ただ、文字の情報のみが彼には残っている。それも一介の、至って凡庸な情報師としての経歴ばかりだ」

「何が言いたいのですか？」

ルプスの声に、書類を触るカウサの指が止まった。

「例えばだよ。ツシマという情報師は本来世界には存在せず、別の誰かであるという可能性はないかい？　もしくは、彼は公に対して隠すべき過去がある、とか。そうでもなければ、ここまで不自然に写真のひとつもない経歴が生まれるはずがないと思うのだが」

カウサの疑問にルプスは何も答えることはできなかった。ツシマ・リンドウという情報師は確かに存在している。しかし、彼にはいくつもの陰と秘密の気配があった。それは確かだ。

カウサはクリップボードを閉じた。彼は簡潔に、たどり着いた疑問を述べる。

「ツシマ・リンドウは、本当は誰なんだ？　奴の後ろには誰がいる？」

カウサはツシマ・リンドウという人物には二つの顔があるのではないか、と考えている。人の過去は易々と消せるものではない。しかし、エルバル独立都市の市長であるタチバナが関われば
それも可能だ。

では、そのような大物が関わってくるツシマという人物は何者なのか。

一瞬、不安を見せたルプスだったが、彼女の瞳から光は消えなかった。その様子を見てカウサはさらに続ける。

「私は今まで様々な世界を見てきたが、七等位情報師が十一等位情報師を負かすことなど聞いたことも見たこともない。彼は、明らかに異質すぎる。君は何か彼について知らないか？」

首をかしげるカウサを目の前にして、ルプスは逃げる気のない勝気な表情を向けた。

「私の知っている彼は、態度は悪いし、平気でどこでも煙草を吸うし、とても褒められた大人ではない。だけど、どんな時でも、誰が相手でも、必ず目的を果たす。そんな、ただの七等位情報師ツシマ・リンドウです」

カウサの揺さぶりに対しても揺るがぬ信念を胸に、ルプスは言い切った。そしてツシマを真似るように余計な一言を付け加える。

「この答えでは、ご不満ですか？」

ルプスの様子にカウサは仕方がないといった風に吐息を吐く。

「そうか。何も知らないとなれば仕方がない。出来れば彼が何者か、くらいは知っておきたかったが」

徹底的な策略家であるカウサにしては珍しく、彼は諦めの言葉をこぼした。

ルプスはカウサのその態度に嫌な予感を覚える。この男が諦めるなどという事があるはずがない。彼が何かを諦めるとすれば既に実行してしまったことに対して、多少の罪悪感を覚えた時ぐらいだ。

そこまで思考が及んで、ルプスははっと気が付く。なぜ今まで気が付かなかったのだろうか、と背筋に冷たい汗が流れた。

「兄様。確か私の亡命の条件は、ロスとカヌスの二名を暗殺するという話だったはずです」

「確かに、そう約束したね」

「ですが、まだカヌスの暗殺は確認されていないのでは？」

ルプスの言葉に、カウサは少しだけ眉を上げる。そして微笑んだ。彼の表情が意味することを即座に理解して、ルプスは目を見開いた。

「まさか。はじめから、ツシマを始末するつもりでカヌスに挑ませたのですか？」

「あぁ、そうだよ。カヌスは腐っても六帝剣だ。私の一存で殺すには、恐れ多い。六帝剣の本来の主は皇帝陛下だからね。それに、カヌスが死なずとも私に不利益はない。ロスさえ消えてくれれば、万事解決だ」

「だったら私がロスを殺すだけで話は済んだはずです。なぜ彼を殺そうとなど！」

カウサは彼女の問いに呆れて小さく首を横に振る。そして頬杖を突きながら明後日の方角に視線を向けた。

「私はね。自分の思惑通りに動かない異分子がとことん嫌いでね。彼は明らかにそれに該当する。ああいう類いの男は消せるときに消さねばならないのだよ。私も、明日は我が身という身の上だ。諦めてくれ」

カウサは実に申し訳なさそうに眉を八の字にする。きっと本気で謝っているのだろうが、今のルプスにはその表情は煽っているようにしか見えなかった。

「なんてことを。約束を守った相手を殺すのですか！　それはあまりにも誠意に欠けている。外道のする事です！」

ルプスが叫ぶとカウサは心外だとばかりに困り顔をする。

「私が保障したのは君の安全まで、だよ。あの男の命は一切保障していない。彼も重々承知の上で契約を交わしたはずだ。約束は何も違えていない」

涼しげな表情で苛烈な事を言い放ち、カウサはニコリと笑った。逆にルプスはあまりのおぞましさに硬直してしまう。目の前に座るこの男こそ、本物の悪魔だった。

「ツシマを迎えに行きます！」

「それは無駄だよ。いや、無理だと言ったほうが良いかもしれないね」

咄嗟にルプスが車のドアに手を伸ばしたとき、彼女は体の異変に気が付いた。持ち上げたはずの腕が、実際には半分ほども動いていなかった。指先にしびれのようなものを感じ、そして同時に猛烈な眠気が彼女を襲う。

眉間に指を添えて眠気に立ち向かいながら、ルプスは薄れていく意識の中でカウサを睨んだ。

「さっきの飲み物、何を混ぜて？」

「心配はしなくてもいい。次に目を覚ました時には、君は安全なエルバルにいる。外交的な手続きも既に話が付いている。ただし残念ながら、無事に帰れるのは君一人だけだ。これも仕方のない事だよ。彼は、実に多くを知りすぎているのだからね」

意思と反して意識を失っていくルプスは、カウサに手を伸ばした。

だがそのまま座席に横たわり失神してしまう。全身を脱力させて、穏やかな寝息を立て始めたルプスを見つめながらカウサは満足げな表情で足を組んだ。

「我が覇道の支障になるものは、たとえ小石でも排除する。獅子はネズミにも手を抜かないものだよ。よく覚えておくと良い」

＊＊＊

どこか遠くで雷鳴が響いて聞こえた。灰色の重たい空を辿ると北の山脈にかかるようにしてどす黒い雲の塊が集まっている。

じきにこの辺りにも雪が降り始めるだろう。気圧が下がってくるのを感じながら、ツシマは寒そうにジャケットの襟を立てた。

彼は瓦礫だらけの旧ジャバル市街地にいた。かつてバルガ帝国を揺るがした大規模な紛争が、仲間の裏切りによって潰えた苦渋の地である。

この場所は未だに開発の一切が進められていない。地形を変えるほどの大きな被害によって復興に多額の資金が必要なため、見放されたと言われている。

だが、実際は違う。この場所は一種の見せしめのために残されているのだ。皇帝に逆らうと、どんな仕打ちを受けるのか知らしめる為に、今もなお開発不可地域として指定されている。

その目論み通り、この場所には当時の戦場がそのままの姿で残されていた。砲撃を撃ち込まれた窪みや、無数の弾丸が撃ち込まれた廃屋、焼き払われた家屋の残骸、そして朽ちてもなお恨みを語るかのような人骨たちがそのままになっていた。

革靴の先で砕けた頭蓋骨を蹴飛ばし、ツシマは火の付いていない煙草を揺らす。

「まるで時が止まった様だな」

ツシマの記憶にあるジャバルの土地は、あの時から何も変わっていない。違うのは、かつて守りたいと願った人を失った事実と、大人になった自分自身くらいだった。

壊れたアスファルト道を横切り、ツシマはとある廃屋の前で足を止めた。

そこは悪夢の中で見続けてきた、かつてのトラウマの場所だ。死んだシオンを残して逃げ出した場所。花のひとつすら添えられることなく、雨風に晒された彼女の遺骨は欠片一つ残っていなかった。

ツシマは純粋な気持ちで両手を合わせる。

「シオン姉さん。あんたの弟は性懲りもなく、今日も情報師をやっています」

死人は決して声を返してくれたりしない。分かっていても優しい彼女の声が聞こえるような気がする。

しかし、それは気のせいだ。遠く聞こえていた雷が、今までで最も近くで鳴り響き、ツシマは顔を上げた。そして放たれる邪悪な気配に視線を向ける。

廃墟と化した市街地に延びる道の向こうに人影が見えた。焼けこげた車の間に立つ彼は紺色と臙脂の刺繍が入った軍服を着ている。見覚えのある青髪を揺らす彼は、ツシマを見つけて歯を見せて笑った。

「やっと会えたねぇ！　ツシマ・リンドォォォ」

雄叫びを上げ、六帝剣カヌス・ミーレスは大きく腕を広げた。

「主が死んでも、態度は変わらずか。騎士が聞いて呆れる」

面倒くさげにつぶやき、ツシマはオイルライターを擦った。

カヌスは自らの主が暗殺された事実を知っているはずだ。ロス・ルーベルは昨日、ルプスに殺されている。だが、彼のツシマに対する憎悪と執念は、ロスに対する忠義を遥かに超えていたらしい。彼は一度として首都に戻ることなく、ツシマを追い続けていた。その結果が、この再会だった。

ツシマは煙草の先に火を灯しながら、眼前のカヌスを眺める。彼はすでに感情を高ぶらせている様子だ。長い前髪をかきあげると、幼い顔に広がった火傷の跡を見せつけた。

「お前にやられたこの傷が、毎晩疼いて疼いて眠れないんだ。毎夜、どうやってお前を殺そうか考えていたんだけど、今思いついた。全身の皮を剝いで剝製にしよう。生きたまま皮を剝ぐんだ。そして泣いて許しを請うまで地面を引きずり回してやる。どうだ、名案だろ？」

「いい趣味をしてるな。まぁ、好きにすればいい。ただし、俺を倒せればの話だが」

ツシマはそこまで口にして煙を吐き出す。そして余裕の笑みを浮かべて見せた。これから戦うにもかかわらず一服する様子に、カヌスは青筋を立てた。

「そんなに早く死にたいか。分かったよ、もう我慢はしないでいいよね。今すぐ君をぶち殺してあげるよ！　手加減は無しだ！」

カヌスは怒声を上げると同時にコードを執行する。流石は六帝剣だ。ほぼ遅延なく眼球の発光と共にカヌスは膨大な灰の渦に飲み込まれていった。竜巻のような灰の渦からは、カヌスの放つ青い残光が煌めいて見える。

「不死行軍！　奴を撃滅せよ！」

カヌスが竜巻の向こうで叫ぶと、一糸乱れぬ挙動で続々と灰の渦から騎士が現れた。どれも列車で相手をした騎士以上に重装かつ、種類に富んでいる。馬に乗る者、弓を持つ者、剣士、槍兵。まさしく一個師団が次々に生成されていった。

流石のツシマも、この光景には驚きを隠せなかった。灰の渦が消えるころ、眼前には数万の軍勢がひしめき合っていたのだ。口に咥えた煙草が地面に落ち、ツシマは大きなため息をつく。

「君の弱点は接近戦だ。コードの特徴か、それともコード自体の造りが荒いのか、広範囲への超火力は使えても、近距離では誤射する危険があるんだ。だから、強みのコードが使えない。違うか、ん？　戦いは、頭を使わないとねぇ。ツシマ君？」

　軍勢の中に紛れ、カヌスは満面の笑みを浮かべて頭を指で叩いた。その次の瞬間、ツシマのコードによる熱線の一撃がカヌスの頭を粉砕する。

　しかし、当然そのカヌスは偽者だ。灰が散るのみで、どこからともなく彼の憎たらしい笑い声が響いた。

「さぁ。懐に入られたらおしまいだよ！　足搔いてみせてくれ！　ツシマくぅぅぅん！」

「この、クソガキが」

　ツシマは舌打ちする。その直後、一斉に騎士たちが駆け出した。先頭を走るのは騎兵だ。その後ろから槍兵、剣士と続く。だが、まず対処するべきは弓兵だ。

　ツシマは自身の体を包むように熱波を生み出す。身を屈め、被弾面積を小さくして、頭上を見上げた。

　カヌスの生み出した軍勢の後方に並ぶ数千の弓兵たちが、ほぼ同時に弓に矢を番えて放つ。風を切る矢はどれも人の腕よりも太い。空は、たちまち一斉に放たれた矢で覆われる。

「コイツはマズいな」

ツシマは空を見上げ、防御のための熱波を身に纏う。

だが、降り注ぐ矢は、ツシマの想像を遥かに超えた衝撃で大地を揺らした。それは艦隊から放たれる砲撃に等しい。まさしく絨毯掃射がツシマを襲った。

ツシマの執行するコードは文字通り熱だ。小さな弾丸であれば軌道をそらすことは容易い。しかし、それが砲弾のような矢となれば話は別だ。

頭上から降り注ぐ矢を焼きつくすためにツシマは熱波から熱線に切り替える。集中して頭上のみを焼き切りながらも、近くに刺さる矢の衝撃までは受けきれない。立ち上る土煙と飛び交う破片がツシマを襲った。

砕けた矢の破片か、それとも近隣の建物から吹き飛んだものか、幾つかの破片がツシマの体に突き刺さる。

「ぐっ！」

どうにか矢の直撃は避けたツシマだったが、カヌスの攻撃はまだ始まったばかりだ。

頭上から降り注ぐ矢が勢いを収めると、間髪を容れずに悪い視界の向こうから騎兵が迫る。地面を揺らし、土煙を裂くように騎兵が現れた。

「舐めるなよ」

ツシマは十分に騎兵を引き付け、眼球の発光を強めながら腕を振った。彼の脳内で構成されたコードが猛烈な速度で執行されると同時に、彼の頭に大きな負荷がかかる。激痛に顔をゆがめながらも、彼が放った一撃は未だかつて無い規模の一撃だった。

　ツシマの背後で大気が歪んだかと思うと、彼の腕の動きに合わせて空間が焼けていく。熱線と表現すればそうなのだろう。だが、そう表現するには余りにも現象が大胆で大雑把だった。白く、または赤く燃え上がる様な熱の塊が騎士団を正面から薙ぎ払う。直線的に突き進んだ熱柱は地面を抉り、周囲の有機物をことごとく焼きつくした。後に残るのは姿かたちを失った高温の炭と灰だけだ。

　立ち上る熱に顔を背けるツシマ。同時にコードの執行負荷によって激しい頭痛が始まる。

「まったく、年は取りたくないな。いや、これは煙草のせいか」

　額に手を当てながら顔を起こすツシマの視界には、まだ生き残った多くの騎士たちがいた。彼らには恐怖などというものは存在しない。構えた盾の向こうで生き残った騎士たちが屍を越えて駆けてくる。まさしく不死行軍だ。

　しかし厄介な騎兵はおおかた処理しきった。次の問題は膨大な数の歩兵たちだ。

　脳内の負荷を減らすために、先ほどよりも規模を弱めた熱線で迫りくる騎士たちを迎撃するも、次から次へと姿を現していく騎士たちは確実に距離を詰めてくる。どうやら倒した傍から、新たな騎士を生成しているらしい。

　このままではじり貧だ。カヌスのコード執行は、彼が持つ処理能力の高さだけではなく、効率化されたコードの構成も相まって、ツシマの技量を超えている。単純な正面勝負では、押し切られそうだ。

「腐っても六帝剣という訳か」

ツシマは現状を維持しながら、周囲を見渡す。こうなればカヌス本体を叩くしかない。

しかし、周囲にカヌスの姿は見えなかった。姿を隠し、遠隔から安全に敵を処理するつもりだ。

だが、ツシマには予感があった。あの少年が、そんなことでは決して満足しないという予感だ。

ついにツシマの迎撃が押し切られ、堰を切ったように騎士たちが間合いに飛び込んでくる。ツシマは否応なく苦手な接近戦に切り替えた。この間合いでは、安全に使えるのは熱波を身に纏うくらいだ。

振るわれる剣戟。一振り、二振りと躱すも、瞬く間に取り囲まれていく。地上を覆いつくしていく騎士たちの中で、ツシマは懸命に目の前の敵を拳で薙ぎ払っていった。

だが、それも長くは続かない。

騎士たちはまるで共食いをするかのように、味方の体もろとも剣を振るうのだ。死角からのひと振りを受け、ツシマはよろめく。

その先には別の騎士がいた。重い鎧にぶつかり、見上げると騎士は剣を逆手に構え直す。そして自らの腹を裂くように剣先を突き立ててきた。

ツシマは剣先をつかみ、何とか身体を守ろうとする。だが、剣の勢いは止まらない。咄嗟に身をよじり急所を外すように脇腹に剣先をずらした。

厚みのある剣が、騎士の体諸共ツシマを突き刺していく。焼ける様な激痛が身体を駆け巡り、ツシマは思わず奥歯を噛みしめながら苦痛の声を上げた。

致命傷は避けるも、状況はなおも悪い。

騎士の体に磔になったような状態で身動きが取れないのだ。無理に剣を身体から引きはがせば、地面に散らばるのはツシマの内臓だろう。

絶体絶命の彼を囲むように、周囲の騎士たちが追撃に走る。数十もの槍と剣がツシマに向けられる。

これは一瞬の勝負であり、賭けでもあった。ツシマは赤く血走った目で眼前の騎士たちを見極めていく。そして、あるものを見つけた。

「間抜け野郎が」

ツシマは呟くように言うと周囲諸共、身を焼くこともいとわない熱波を放った。激しい衝撃と共に騎士たちの鎧が赤く燃え上がる。ツシマに近い騎士ほど原形を歪めて溶け消えていく中で、たった一体、やたらと重装な騎士だけが原形をとどめていた。

ツシマは痛みを無視して腹の剣を引き抜く。剣先は赤く溶けて曲がりかけている。手に握る柄は当然、皮膚を焼くほど熱かった。それでも彼は自らの血で湯気を上げる剣を投擲する。

投げ飛ばされた剣は重装騎士の冑にぶつかった。すると、熱により劣化していたのだろう。容易く外装がはがれた。

重たげな冑が剝がれ落ちると、その下にはなんとカヌスの姿があった。

ツシマの予想は正しかった。

卑屈で陰湿な性格のカヌスならば、最後の最後は自分の目の前でツシマを殺したいはずだ。死ぬ直前に靴底を舐めさせるくらいの事はしかねない。そのツシマの予想通り、彼は近くに潜んでいたわけだ。

カヌスはまさか自分の居場所がばれるとは思ってもいなかったらしい。驚きの表情と共に身を護る為のコードを執行しようとしている。

ツシマは間髪を容れずに、カヌスとの距離を詰めた。そして、満身創痍の体に鞭を打ち、カヌスの頰に向けて拳を振るう。当然、拳にはコードが執行されている。

「ふぅぅうしゅ！」

ツシマは感情任せではない、より合理的なフォームで狙いを定めた。

カヌスは動揺からか、明らかにコードの執行が遅れた。生成物が彼を守るよりも早く、ツシマの拳が少年の顔面に打ち込まれる。

激しく湿った音を立てて、ツシマの拳が振りぬかれた。カヌスの体は灰の鎧を突き抜け、地面を転がる。宙を舞う血液が地面に滴り落ちるまでの間に、二回ほど地面を弾みながら飛んでいった。

勢いを弱めたところで、カヌスはどうにか受け身を取った。だが足元がおぼつかない。生まれたての小鹿のように膝を笑わせながら立ち上がる。

自分の顔が残っているかどうかを確かめるように、頬に触れつつカヌスは視線を上げた。徐々に烈火のような怒りに染まっていく瞳がツシマに向けられる。

「てぇっめぇぇぇぇぇ」

叫ぶと同時に大きく開けたカヌスの口から、白い歯が何本か零れ落ちた。ツシマはふらつき、地面に片膝をついてほくそ笑む。

「火傷の次は抜け歯か？　入れ歯でも買うんだな」

腹の傷からの出血を押さえつつ、ツシマは強引に腹を焼いて止血する。

何とか本体であるカヌスの特定ができた。だが、ツシマの不利は変わらない。自らは腹部貫通の重傷。対して敵は歯が抜ける程度の殴打のみだ。

「全く割に合わないぜ」

いい加減に嫌気がさす。ツシマはそういった様子で血に濡れた掌を握った。その向こうでカヌスは完全に怒りの沸点を越え、もはや放心状態に近い表情で目を光らす。

「あぁ、もういいや。全部、全部、灰に帰そう」

そう言ってカヌスは再びコードを執行する。具現化するのは無限の騎士だけではない。彼を覆い隠す様に現れたのは巨大な骸骨だった。幾つもの外装骨格を付けた骸骨は禍々しく両目を赤く光らせ、牙をむき出しにして吠える。

強引なコード執行のせいだろう。執行負荷によってカヌスの瞳から血がにじむ。それでも彼は膨大な生成物を召喚し続けていった。不気味な蜘蛛の化け物、四つ足の奇形生物、羽を持つ飛翔生物。魔界のような光景が広がる中、ツシマは目を細める。

「何をしても、もう無駄だ。勝負は決した。お前が姿をさらしたこの瞬間にな」

ツシマの目から、青い光が姿を消していく。残るのは深淵の底のように禍々しい、黒く染まった瞳だけだ。その様子を見て、カヌスは違和感と共に不気味な気配を感じた。

カヌスは激高する感情の裏で、冷静に本能で察知する危機感の正体を考える。それは当然のことでありながら、苛立ちと驕りで見逃がしていた些細な事だ。

何故このタイミングでツシマの瞳の黒さに気が付いたのか。それは、彼の瞳を今はじめて、直接見たからだ。

ツシマは何故か常に眼球を発光させていた。情報師の眼球発光現象はコードの執行時に起こり、執行完了と共に消えるものである。つまり、コードを吐き出すときにのみ光るわけだ。では、どうして彼の眼は光り続けていたのか。

考えられる可能性は幾つかある。例えば、膨大かつ緻密で、コード執行までやたらと時間のかかる何かを行っていたのではないか。という可能性だ。

もしそうであれば、あれだけの熱線放出のコードを遅延なく行える男が、これだけ時間をかけるコード執行とは一体何か。カヌスは怒りを忘れるほどの悪寒を覚える。

「餓者髑髏！　僕を守れ！」

咄嗟の判断は防御だった。カヌスの生成した巨大な骸骨は、巨体に反して素早い動きでカヌスを守る為に身構える。そしてカヌスは、他の生成物たちへ指令を送る。

「その男を襤褸雑巾みたいにしてやれ！　今すぐだ！」

得体のしれない不安を振り払うようにカヌスは声を荒らげた。

だが、その判断は正しくも、愚かな選択だった。

骸骨に身を守らせる刹那、ツシマがカヌスに伝えるように頭上を指さしている姿が見えた。

それに誘導されるように空を見上げたカヌスは思わず絶句する。

そこには一つの光の塊があった。それは光と表現するにはあまりにも禍々しい。太陽の熱を押し固めたかのような邪悪な光を放っている。眩しさのあまり、目には赤黒く映るその熱球が徐々に大きさを増して見えた。

否。

それは、熱球が大きくなっているのではない。落ちてきているのだと気が付き、カヌスは叫ぶ。

「貴様！　心中するつもりか！」

膨大な熱量の塊は重力加速度に従って真っ直ぐにカヌスの下に落ちてくる。ツシマはそれを見上げてジャケットの裾をはためかせた。

「さぁ、我慢比べといこうか？」

皮肉か、嫌味か。憎らしい口調でそう言うと、ツシマは熱から身を護るようにジャケットの裏に顔を隠して対衝撃態勢に入った。

その時、カヌスは知った。骸骨という遮蔽物を挟んでも感じるこれほどの熱量を、たった一枚のジャケットで防げるはずがない。ツシマはこの状況まで見越して自分を守る断熱のコードまで執行しているに違いない。

だが、これは間違いなくツシマの奥の手だ。カヌスの居場所を確定させるまで粘り、広範囲を焼き尽くす一撃でトドメを刺す。ツシマの特性を生かした最大級の攻撃と見ていい。

であれば、これを防ぎ切った時こそカヌスの勝利が確定する。

「たかがこの程度で、勝ったと思うな！」

カヌスは自らを奮い立たせるように、再び怒りの感情で突き動く。

巨大な骸骨へ指示を送り、頭上からの熱球に対して受け身の態勢に入った。周囲を囲んでいた生物たちはカヌスを守るべく集結し始め、肉の壁を作っていく。カヌスの最大の防御が瞬く間に完成していった。

熱球は近づくにつれて遠近感が狂ったのではと錯覚させるほどの大きさがある。肌に感じる熱量は先ほどまでの熱線とは桁が違った。骸骨の下で守られているカヌスの髪の毛が焼けこげ、眼球が干上がっていく。

そして、頭上の視界が全て熱球に覆いつくされるほどの近さに到達したとき、骸骨の体に熱球が接触した。

重たい衝撃が大地にヒビを走らせ、骸骨の腕がひしゃげていく。熱量と質量、両方を持つ膨大なエネルギーを前にして骸骨の体は悲鳴を上げていた。

だが、カヌスは押しつぶされていく骸骨の体を、破損した傍から再生していく。流石は六帝剣だ。呼吸すら困難な灼熱の中で、カヌスは喉が裂けんばかりに叫ぶ。両目が激しく発光し、骸骨だけでなく、自分を守る肉の壁の再生まで同時に行っていた。

ツシマとカヌスを囲む周囲の環境は一変していた。有機物と呼べるものは全て火が灯り、黒と灰に染まった大地に、白い煌々とした熱波が降り注ぐ。

だが、それも終わりが見え始める。先ほどよりも熱球のサイズが小さくなり始めているのだ。それに気が付いたカヌスは自らの勝利を悟り始めた。

ツシマの放つ攻撃は峠を越えた。それでもなお、熱球はカヌスの最大の防御を消滅させるどころか、崩す事もできていない。すなわち勝利は目前だ。光から目を守るように手で影を作りつつ、カヌスはツシマを睨んだ。

これだけの熱量だ。万全の準備をしたツシマも只では済まない。彼の衣服から上がる白い煙を見つめ、カヌスは粘着質な笑みを浮かべた。自分の愚策で自らを焼き焦がしていく様が愉快なのだ。

もはや勝利は決定的である。そう確信したカヌスは余裕を見せつける様に両手を広げた。

「ははは！　認めよう、君は凄い情報師だよ！　でも、この僕の方がもっと凄い。そこで跪いたまま、絶望するといい！　これが、帝国最強の六帝剣か、ってね！」

カヌスは完全に勝った気でいる。しかし、ツシマがここで終わるような男ではないことも、彼は知るべきだった。

光と熱の嵐の中、叫びをあげるカヌスの視界の隅に、弱々しくも禍々しい青い光が見えた気がした。それは、ジャケットの裏からそっと彼を盗み見るように顔をのぞかせたツシマの瞳だ。

その光は、普段のツシマが見せる眼球発光現象とは異なっているように見えた。青く光りながらも、何か重たい色をしているのだ。辺りが明るすぎるせいかもしれない。まるで光を吸い込むかのような、深淵の底で生まれた焔のような色をした瞳だ。

それに加えて、ツシマは何も感じていない無表情をしている。それがより増して人知を超える何かを目の当たりにした時の不安と恐怖を呼び起こさせた。

「なんだ？」

得体のしれない何かを感じ、カヌスはぽつりと独り言を呟く。そして彼は数瞬遅れてツシマが何かを執行した事を悟る。

それはあまりに唐突だった。カヌスの頭上からいきなり光が差し、熱を感じた。彼は咄嗟に顔を上げる。

すると、そこに居たはずの巨大な骸骨が、音もなく霞のように溶けて消えていく様があった。骸骨が消えていく様子は、明らかに熱や衝撃による破壊とは異なっている。言い喩えるのであれば、消失という表現が最も近い。

カヌスは眼を見開いた。これがツシマの執行した何らかのコードが引き起こした現象であることは確かだ。

しかし、その原理は全くもって分からない。それでは対処のしようがなかった。

熱球から身体を守る最大の盾を失ったカヌスは全身に猛烈な熱を浴びる。瞬間的に身に纏った軍服から火が上がり、四肢の先が沸騰して炸裂していく。全身が炎にまみれ、炭化していく中でカヌスは悲鳴を上げた。

それでも、カヌスは最後のあがきを見せる。周囲の肉の壁を分解し、自らの体を高密度に圧縮させた殻で覆い隠した。限界まで身体を小さく丸め、現状でできる唯一の防御態勢を取る。

これは勝負の沙汰を決める為のものではない。生き残るための最後の手段だ。無駄な抵抗を行わず、徹底した防御の姿勢であった。

熱球は自身の体積の数百分の一しかないカヌスの殻に衝突すると、そのまま隕石のように周囲の生成物ごとカヌスを押しつぶしていく。

そして、熱球は最後の最後に激しく爆発した。

地面を抉り、爆発煙が頭上高くまで舞い上がる。きっとこの煙は首都バルガからでも見る事が出来るだろう。それほどの規模の爆轟であった。

激しい地鳴りと、飛翔物の雨が降り注ぐ中、ツシマは身を伏せて状況が落ち着くのを待つ。嵐が過ぎ去ったのを感じ、彼は全身の埃を落として身を起こした。

辺り一帯は、焦土と化しているが、ツシマの身体に沿うようにごくわずかな空間だけは被害を免れている。彼の身体を守るコード執行のおかげだ。

「少し、やりすぎたな」

軽口をたたきながらツシマは煙の高さを見上げる。鈍色の空に上がった煙は雲まで達しそうである。見上げるほどに首が痛くなりそうだった。

空を見上げるツシマは肩の力を抜く。真っ赤に染まった瞳を閉じて、目頭を強く押さえると一筋の血が瞼から流れ落ちた。

執行負荷の高いコードを立て続けに使った代償だ。全身の痛みに負けない脳の痛みを感じる。危うく脳内を焼き切ってしまう寸前だったらしい。

ツシマは反省しつつ汚れたジャケットの襟を正す。そしてカヌスの生存を確認するために重い足取りで歩きだした。

カヌス・ミーレスの強さは、常に孤独を埋める為の積み重ねが生み出した物だった。情報師であった彼の両親は過酷な前線配備に消耗し、彼が幼い頃には既に他界していた。

両親の愛情を受けず、情報師として物のように扱われる世界で、カヌスは誰よりも世界の冷徹さを目の当たりにする。

たとえ年端もいかぬ子供であっても、大人達は容赦はしない。戦火に放り込まれ、大勢の仲間達が死んでいく姿を見ることになった。

弱い者は使い捨てられ、強い者は栄光を手に入れる。わかりやすい世界の縮図の中で、少年は世界を憎み始める。そして、この世界で生き残るには唯一、強さのみが必要なのだと悟ったのだ。

それから、カヌスは誰よりも純粋に強さのみを求めた。寄りつく弱者を排除し、強者にすり寄り餌にする。どんな手を使ってでも自らを強くするための糧にして生きた。

当然、彼の歪んだ強さへの渇望は、周囲の人々を遠ざける。何度も訪れる孤独と裏切り。自分と対等に世界を憎む者はどこにもいない。だからこそ選ぶ孤高の道であった。

情報師にも一般人にも信じられる者を失ったカヌスは、いつしか全てを見下し遠ざけた。

その孤独は幸いにも彼をさらなる高みへと押し上げる活力へと変わる。かつて失った両親の愛情を求めるように、そして自身の孤独の穴を埋めるように、カヌスは生物の生成を得意としていった。

結果的に、彼の生物生成コードは卓越した領域へ至った。いつしか単独師団と呼ばれるほどに成り上がった彼は、ついにかつて求めていた最強の頂『六帝剣』に立ったのだった。

しかし、彼の心に残る孤独故の渇きと飢えはいつまでも消えなかった。いくら殺し、いくら名声を得ても。この苦しみだけは消えなかった。

それがなぜだろう。今だけは、その苦しみが薄らいで思えた。

その原因はきっと、この男のせいだ。朦朧とする意識の中で、カヌスは塵にまみれた人物を見上げる。

ツシマ・リンドウ。気怠そうに見下ろすその情報師は、明らかに異質な強さを持っていた。今まで出会った情報師にはない、圧倒的な強さの化身だ。

「完敗だ。おまえ、何者だよ……」

全力の防御を打ち破られたカヌスは酷い有様だった。全身が焼けこげ、腕も脚も碌に残っていない。端整な顔もひどく焼けただれ、美しかった青い髪も跡形もなく焼け消えている。

そんな姿でも辛うじて息があるのは、さすがは六帝剣と言うべきか。

しかし、もう長くはない。

瀕死のカヌスを見下ろして、ツシマは煙草を咥えた。彼の問いかけにツシマは黙って煙草に火を灯す。煙を一吸いして、口から離すとツシマは肩をすくめた。

「ただの七等位情報師、だよ」

「くそ、大人って奴は、いつも、最後までふざけたことを、言いやがる……」

「悪いな。こっちにも事情ってものがある」

ツシマに見下ろされ、カヌスは悔し気に顔をゆがめた。そして苦しそうに咳き込んだ。そろそろ、呼吸も難しくなってきたのかカヌスは浅い呼吸を繰り返す。

「僕は、もう、死ぬのか？」

「あぁ。死ぬ」

ツシマの台詞にカヌスは僅かに舌打ちをしたかと思うと、明らかに呼吸を弱めていく。徐々に意識が混濁してきたらしい。

瞳孔が開いた眼を虚空に漂わせながら、彼は涙を流した。

「あぁ。父ちゃん、母ちゃん。そんなとこにいたのか。ずっと待ってたんだな、ごめんよ」

カヌスは最後の最後に、年相応の笑顔を浮かべた。命尽きるその瞬間に、彼はまともに動きもしない腕を持ち上げる。

誰かがその手を取ったのだろうか。彼は満足そうに頬を緩ませると、静かにこと切れた。

ツシマは煙を空に向かって吐き出すと、バツが悪そうに前髪を揺らす。

「最高に後味の悪い遺言だ。響いたよ」

カヌスの最期を見届けたツシマは彼の傍らに膝をつく。そして虚空を見上げる目をそっと閉じてやった。敗者に向けた、せめてもの配慮だ。

利権や地位を巡る争いに巻き込まれて死んだ情報師は多い。彼もまたそんな一人だ。せめて、死んだ後くらいは、争いのない平和な世界に行くと信じて、敗者に花を手向けるのだ。

数秒ほど、カヌスの為に祈りを捧げ、ツシマは立ち上がる。そして、背中を刺すような存在感に気がついた。

「まったく、最悪のタイミングでお出ましか」

ツシマは足下へ吐き捨てるように言い、重たい頭を上げる。

彼の頭上には、いつの間にか第二の太陽が浮かんでいた。ジャバルの荒野を照らし出す神々しい光は、いくつもの色を交えながらツシマを見下ろしていた。

幻想的な目映ゆい煌めきの中に、一人の情報師の姿が浮かび上がる。

それは今、最も出会いたくない相手。天からの使者かのごとく、空から舞い降りてきたのは六帝剣のフィーネ・プリムスだった。

光芒の情報師フィーネ・プリムスはその呼び名の通り、光のはしごに沿うように空からゆっくりと地面に舞い降りた。そして、血まみれのツシマを視界に捉えると軽く髪をなびかせる。

「こんな所までわざわざ来るとは、六帝剣はどいつもこいつも暇なのか？」

ツシマはいつもの調子で軽い挑発を飛ばした。

しかしカヌスと異なり、フィーネは彼の誘いに一切のらない。彼の軽口を無表情で受け流し、淡々と会話の主導権を握る。

「カヌスは？」

互いに絶妙な間合いを取りながら、二人は睨みを利かす。ツシマは高まる緊張感の中で足下のカヌスを指さした。

「ご覧の通り、消し炭にしてやった。これであんたの大将から引き受けた仕事は、文句なしに終わりだ。それで、ルプスは無事か？」

フィーネは静かに、ゆっくりと首を縦に振った。

「えぇ。昨日のうちにエルバルへ送り届けた」

「なら、依頼完了だ。これでお互い思い残す事は何もない。俺も帰る支度をさせてもらう」

「そうはいかない」

フィーネは顔色一つ変えずにそう言った。

ツシマは「だよな」とその場で呟く。

六帝剣のフィーネが伝令の為だけにツシマを追ってくることなど考えられない。ましてや、皇族と六帝剣の死亡が確認されている現状において、共犯であるツシマは帝国の敵である。立場上、彼女がツシマを見逃がす理由は何もなかった。

「やはり、俺を殺しに来たか」

「ええ」

フィーネは何も隠すことはないとばかりに、はっきりと言い切った。

ツシマは怪我を見下ろして、重たい息を吐く。

「カウサも手の込んだ事をするな。おおかた、カヌスに俺をあてがって死んでもらおうって算段だったんだろう？　万が一、俺がカヌスを倒した場合はあんたが出てくる。そういう筋書きだとみたが、違うか？」

「ご名答。でも、解せないわね。そこまで分かっていて逃げ出さないとは」

確かに、六帝剣に狙われれば誰しもが身を隠すだろう。だがツシマは逃げ出すことはおろか、立ち向かおうとしている。

その様子にフィーネは疑惑を覚えていた。

ツシマは彼女の推察に回答を与える。

「そうだな。俺も出来ることなら逃げたい気分だが、そうもいかない訳があるんだよ」

愚痴っぽく言いながら、ツシマはポケットから一枚のカードを取り出した。それはカウサから手渡されたタチバナからのブラックカードだ。

不気味に光るその特殊なカードを見て、フィーネは小首をかしげる。

「訳、だと？」

「あぁ。こんなところまで来てもらった礼だ。ちょっとした裏話を教えてやろう」

ツシマはそう言うと、ゆっくりとカードを指先で回転させた。カードの黒くつややかな側面が、フィーネの放つ光に反射して煌めく。その姿とは対照的に、小さなカードに秘められた情報は、汚い世界そのものを示すものであった。

＊＊＊

「いやぁ〜、これはとんでもない事になったもんだなぁ」

事態の深刻さに対して、実に悠長な物言いで男ははにかんでいた。彼はまるで新聞記者のようなワイシャツにサスペンダーというシンプルな格好をしている。彼の手には新聞が握られ、見つめる一面には大きな見出しが載っていた。

『反逆の皇女。遂に処刑』

文字面からしても禍々しい内容だったが、詳細を知ればより一層恐ろしいことが分かる。

バルガ帝国内での皇位継承権争いが激化し、皇女であるルプス・フィーリアが第二皇子ロス・ルーベルを殺害したという事件があった。それは皇帝の耳に入り、皇族殺しの罪としてルプス・フィーリアは即日処刑されたという。

記事にはその詳細が速報として書かれていた。

添えられた大きな写真には、生前のルプス皇女とされる少女の姿と、麻袋をかぶせられ絞首台に立つ彼女の写真が並べて載せられている。

一通り記事内容に目を通した男は丁寧に新聞を畳むと机の上に置いた。

男のいるフロアは、彼の机以外には何もない。がらんどうに広がった空間は床と天井、そして四方を囲むガラス張りの壁以外に構造物らしいものは何もない。ガラスの向こうには世界最先端の技術と環境を保障した最高の都市、エルバルの街並みが一望できる状態だった。

奇妙な空間にぽつんと座る男は、この景色にふさわしい人物だ。

しかしその地位と権力のわりに、彼には威圧感というものが全くといって良いほど感じられなかった。

机の上に両肘をついて、彼は頬杖をつきながら目を細めた。

「それで、君がここに来た理由はこの記事に関連していると思って構わないのかな？」

男はフロアの中央に一人佇む少女に向かって話しかけていた。

少女は絵画のように美しい容姿に銀色の髪をなびかせている。大人という年齢にはまだ至らない少女にもかかわらず、青い瞳は大人の眼差しと大差ない。強い決意と大きな意思を持っているように見えた。

少女は喉を鳴らす。

「まずは、お忙しい所お話をさせてもらえる時間を頂き、感謝致します。タチバナ市長」

「はは。バルガ帝国から亡命された皇女様から、到着早々に話がしたいと言われれば、いくらでも時間は作りますよ。で、本題は？」

ルプスの正面に座るこの男は、エルバル独立都市の最高権力者であるタチバナ市長であった。

世界中の列強国を敵に回してもなお、独立を勝ち取った英雄である。

幾度も陰謀や策略の山を越えてきたルプスであっても、彼ほどの海千山千ではない。だが、それだけの差があったとしても押し通さなければならない目的が彼女にはあった。

ルプスは心を落ち着けるために拳を握る。指先に感じる指輪の存在が、彼女に勇気を与えてくれる気がした。

「ひとつ、お願いがありここに参りました」

「さて、何でしょう？」

「単刀直入に申します。ツシマ・リンドウをエルバルへ帰還させてほしいのです」

ルプスには小細工という選択肢はない。一切の嘘偽りもなければ、打算もない申し出にタチバナは全くと言って良いほど反応しなかった。何も聞かなかったかのように、ゆっくりと机の下で足を組む。

ルプスは、彼の反応の無さに思わず言葉を重ねていく。

「彼は私の命の恩人です。亡命に際して何度も命を救われました。本来であれば、彼も共にこのエルバルの地を踏むはずでしたが、私の甘さも相まって彼を独りバルガ帝国へ残してしまう結果となってしまった。だからこそ、今度は私が彼を助けたい。そのために、貴方と交渉をしに来たのです」

ルプスの本音を聞きながら、タチバナはゆっくりと瞬きをする。

「交渉、ですか。君の要求は理解しました。それで、その要求に見合う対価として、君は何を差し出すというのかな？」

ルプスは正念場とばかりに喉を鳴らした。

「バルガ帝国から去った私に残されているものは、もはや何もないと言ってよいでしょう。ですが、皮肉にもひとつだけ、残されたものがあります」

ルプスは一呼吸空けて、堂々と言い放つ。

「バルガ帝国が生んだ悲劇の皇族『反逆の皇女』という肩書です」

「ほう？」

タチバナは明らかに興味をひかれていた。彼ほどの人物であればルプスが何を提示するのか候補ぐらいは頭にあったはずだ。

その中でも、タチバナが魅力を覚える選択肢を引いた。ルプスは自分の選択に間違いがなかったと確信を抱いて突き進む。

「バルガ帝国内には他国から引き込んだ人々も含めると、百万人近い情報師たちがいます。彼らは能力の差異はあれど、潜在的な可能性を秘めている人々と言えるでしょう。その人々を率いる事が出来るとなれば、帝国も無視は出来ない」

「そんな事が君にできると？」

「今回の一件で、反逆の皇女は悲劇の運命を辿り、処刑されました。しかし、そんな彼女がエルバル独立都市で生き延びていた。しかも彼女は情報師であり、虐げられる者たちのために立ち上がろうとしている。そうなれば一体どんなことになるか、ご想像できますか？」

タチバナは面白いと微笑みながら机の上に肘を置く。

ルプスははっきりと明言しないことで、タチバナに二つの意味を伝えていた。彼はすぐにその意味を受け取った。困ったように片眉を持ち上げる。

「つまり君は、こう言いたい訳ですね。自らの存在が、バルガ帝国に対して史上最大級の内乱を引き起こす戦略兵器として機能するということ。それと同時にエルバル独立都市とバルガ帝国を再び全面戦争に引き戻す、最悪の破滅兵器としても機能できる、と？」

「えぇ。その通りです」

「はあ、これは参りましたね。可愛い顔をして、随分と酷い交渉を吹っかけてくるじゃないですか」

　タチバナは交渉を楽しんでいる様子だ。実に表情豊かに感情を見せてきた。彼はしばらく思案顔を浮かべると、近所の噂話をするような軽快な口調で話しだす。

「確かに、ルプス・フィーリアという存在は皇帝の血と情報師の血を引く稀有な存在です。あなたが旗を振れば、バルガ帝国を憎む世界中の情報師が集まるでしょう。それは私が欲しても唯一、手に入らなかった力だ。実に羨ましい」

　タチバナは軽く机を掌でタップする。そして、茶化すかのような表情を浮かべつつルプスを指さした。

「その力を、どう使うかは君次第だと、そう言いたい訳ですよね？」

　彼の問いかけにルプスは返答する言葉を持たなかった。ここで二択を絞っては交渉にならない。

　前者だと言えば、それに見合った対価以上のものは得られないだろう。つまり、ツシマの回収までは届かない可能性がある。しかし、後者だと言えば、タチバナは即座にルプスを始末するに違いない。

ルプスに二つの選択肢が常にあるという事が、この交渉の成否を握っていた。彼女はそれを理解している。

彼女は可憐で美しい顔に、魅力的な笑みを作って答えとした。

「いやはや、末恐ろしいですね。そんな笑顔を見せていますけれども、やっていることは、ただの脅しですよ。ははは」

困ったな、とばかりに頭を掻くタチバナは決して悪い反応ではなかった。もしかすると彼は、この展開を期待していたのかもしれない。

ルプスの言葉が騙りではないと見て、彼は浅く吐息をこぼす。

「だがね、君はひとつ勘違いをしているようだ。もしも君が良からぬことを企んで、このエルバル独立都市の平和を脅かすのであれば、今この瞬間にも君の命は消えるかもしれない。君を守る盾も矛も、ここには存在しないのですよ」

先ほどまでのいい加減な態度が急に鳴りを潜めた。タチバナの表情に真剣さが混じり、ルプスは一瞬気圧された。

だが、何とか持ちこたえる。

「そうでしょうね。でも、貴方は私を殺さない。何故なら、私がエルバルにとって計り知れない利益をもたらすかもしれないから。その可能性を無視できない。違いますか？」

ルプスは死をチラつかされても一切引かなかった。ここで怯えていては、皇族同士の潰し合いに恐れをなして逃げ回っていたあの頃と何も変わらない。

彼女は既に覚悟を決めて一線を越えているのだ。たとえ相手が代わろうとも、ルプスは戦う姿勢を忘れはしなかった。

二回りは年の離れている少女に腹の底を見透かされ、タチバナは両目を閉じて両手を上げた。参ったという仕草だ。本心からのものではなかろうが、それでも十分な成果だ。

タチバナは軽く拍手をして肩の力を抜いた。

「交渉というにはあまりに欠点が多いし強引ですが、その態度は気に入りました。君の依頼を受けても良い。ただし、こちらからも幾つかの条件を出させてもらいますよ」

タチバナはそう言うと、三本の指を立てて見せる。

「三つ、君には約束事をしてもらいます。ひとつ、皇女であるという身分は我々の指示もしくは許可があるまで公表しない事。ふたつ、群衆を集め組織を率いる等の行為は我々の許可または確認を取る事。みっつ、エルバルの領地内から我々の許可なく出ない事。この三点を守っていただく。万が一、約束を違えた場合には我々はあなたを敵対勢力と判断し排除します」

排除という言葉は間違いなく死を意味していた。一つでも約束を違えれば、タチバナは何の躊躇もなくルプスを殺すだろう。その意味を深く理解し、ルプスは静かに頷いた。

「分かりました。その条件で構いません」

「よかった。物わかりの良いお人で助かります」

タチバナの鋭い視線が柔らかなものに変わり、彼も一息を吐く。机の上に置かれた冷めたコーヒーを一度口に含むと、彼は続けざまに雑談のように話し始める。

「これで交渉は成立と言いたいところですが、正直なところ今すぐにツシマ・リンドウを帰還させるのは難しい現状があります。そこのところはご理解を頂きたいのですが？」

「もちろん、彼の状態は知っています。彼は今、六帝剣の一人を倒そうとしています。それだけではない。カウサ・インサニアの騎士も、口封じをかねてツシマを殺しに行くでしょう。いくら彼でも、六帝剣の二人を相手にすれば、ただでは済まない。手遅れになる前に、彼を助けて欲しい」

ルプスはカウサに薬を盛られ、意識を失う直前のことを思い出していた。

あの時、常にカウサの傍にいるはずのフィーネの姿がなかった。忠臣の中の忠臣である彼女が主のそばを離れる事の意味を、ルプスは知っている。間違いなく、カウサはツシマを殺す保険として彼女を送り込んでいるはずだ。

「ふむ。カウサ君の騎士というと、フィーネ・プリムスですよね。彼女かぁ」

ルプスが切迫し、祈るような気持ちでタチバナを見ると、彼は暢気に欠伸をかみ殺していた。

タチバナは頭の中の情報を呼び起こしている。そして一通り思い出した後、一度だけ頷いた。

「まぁ、あまり心配はいらないと思いますよ。それも計算に入れての人選です」

「計算？　どういう意味ですか？」

タチバナが話す内容にルプスは理解が追い付いていなかった。彼は、全ての出来事を予見した上でツシマを彼女の護衛役に送り込んだと言っている。

しかし、ルプスには余りにも現実離れした話に思えて理解できずにいた。そんな彼女に解説を付け加えるようにタチバナは語りだす。

「いや実はね、カウサ君が何をどう企むかは、おおよそ見当が付いていたんですよ。ロス君の作戦も、君の動向も含めておおよその展開も見えていた。ですが、どうやらこのような未来を予見していたのは、私だけではなかったらしい」

タチバナはそう言うと、意味深に一枚の封筒を手に持った。厚手の封筒は濃い紫色に染められており、金と深紅の封蠟が押されていた。

「それは？」

「君の亡命に際して、カウサ君から優秀な護衛を送るように依頼を受けていたんです。その依頼と同じタイミングで、彼とは別に依頼が届いていてね」

タチバナはここからが面白いぞとばかりに、大人の悪い笑みを口元に浮かべる。ルプスは彼の真意が読めず、眉間にしわを寄せた。

ルプスは声のトーンを一つ下げて、タチバナに詰め寄らんばかりに身構える。

「その封筒の中身には、一体何が書かれていたのですか？」

タチバナは封筒を右に左に揺らし、机の上にポトリと落とす。手紙自体が、タチバナにとってもルプスにとっても特別重要なものではないと示すかのような仕草だった。

タチバナは鼻から軽く吐息をこぼすと椅子の背もたれに体を預ける。

「なに、君に何か影響があるような話でもないですよ。ただ、行儀の悪いバルガ帝国の皇子たちに灸を据えて欲しい、と依頼されただけです」

さらりと口にするが、その依頼は恐ろしく困難な内容だ。覇権国のバルガ帝国皇族に手を出すとは、それだけで戦争に発展しかねない。

だが、タチバナは全くその心配はないとばかりに続ける。

「まぁ、灸を据える相手の一人は君が殺してしまったんですがね。手間が省けたと言うべきか、やり過ぎたと言うべきか。言い訳くらいは考えた方がいいのかもしれません。ははは」

タチバナはそう言いながら、困り顔に微笑を交えていた。

彼の話を聞きながら、ルプスは喉に骨が残るようなむずがゆさを感じる。タチバナの口調からすると、灸を据える相手はロスだけではなさそうだ。

では他の皇族とは誰か。ルプスは思案してみたが、不思議と頭に浮かぶのはたった一人の男だった。

カウサ・インサニア。

ルプスは頭の中で点と点が繋がり合う感覚を覚えた。彼女はまさかという表情を浮かべる。

タチバナは彼女の表情に対して正解を告げた。

「ツシマ・リンドウは既に君をエルバルに亡命させるという任務を完了させました。今、彼がバルガに残っているのは、この依頼を遂行する任務に就いているからです。完了すれば戻ってこられる。失敗すれば、まぁどうなるかは運次第でした。ですが、君の交渉のおかげで彼は死なずに済みそうだ。万が一にも彼が失敗した時は、私が責任をもって彼を救出しよう」

ルプスは複雑な心境の中で、これ以上の深入りを避けた。情報を知るという事は、彼らのような策略と謀略の渦中に足を踏み入れることを意味している。

本当ならば、ツシマがどんな状況にあり、何をこなせば帰ってこれるのかを知りたい。

だが、ツシマがエルバルに戻ってきたときに、再び陰謀の闇に足を踏み入れた姿を見せればどう思われるだろう。

権力や地位、あらゆるしがらみを振り切った新しい自分で彼と向かい合うことが、彼への誠意だと思えた。

ルプスは気持ちを胸の中に押しとどめ、タチバナを見る。

「その言葉は、本当に信じてもいいのかしら」

「疑う心は大切です。ですが、私は約束を守るタイプの大人だと自負しています。交渉事には常に信頼という前提が必要ですからね」

タチバナは表情を朗らかに、ルプスへ伝える。彼の言葉に嘘は見えない。たとえ嘘をつかれていても分かりはしないだろう。

ルプスは自身を納得させるように頷いて、彼に別れの挨拶を告げる。

「分かりました。お忙しいところ、お話をさせていただき感謝しています。では、これにて失礼します」

ルプスが深いお辞儀をして立ち去ろうとした時、彼女の背中にタチバナが声をかけた。声色は明らかに緊張感のない、当初の様子だ。

「あぁ、そうだ。最後に、私からひとつ質問をしてもいいかな？」

ルプスは彼の問いかけに振り返る。まだ何かあるのか、という感情が表情に漏れていた。タチバナは苦笑いを浮かべつつ、質問を飛ばす。

「どうにも、君がここまでしてツシマ・リンドウを助ける理由が無いように思えるのです。彼は優秀な情報師ではある。しかし、それだけだ。君がそこまで入れ込む理由が分からない」

流石のタチバナもルプスとツシマの間にあった全ての出来事までは把握していないらしかった。彼らの間に騎士と主の関係が結ばれているという事も、互いの間に信頼関係というものが生まれているという事も。タチバナのような、人を駒として扱う人種には理解できないのだろう。

「さぁ。どうしてでしょうね」

ルプスは少し含みを持たせるように呟き、勝ち気な笑みで返す。

タチバナは疑うような目つきで彼女を見つめていたが、とうとう彼女の真意を読み解けなかった。

「どうやら私の手に負えない分野のようだ。藪ヘビだったね。この話は忘れてくれ」

「ええ、では失礼します」

ルプスは再度別れの挨拶をする。そして彼女は何もない虚空へ姿を消していった。時空間を繋げる特殊なコード執行による移動だ。この部屋に立ち入る為には、これ以外の出入り口はない仕様だった。

しっかりと最後までルプスの後ろ姿を見送った後、タチバナは両手を鳴らす。

「なかなか強気な女だったな」

彼の合図に合わせてどこからともなく初老の男がタチバナの傍らに現れた。

まるではじめからそこにいたかのように佇む初老の男は、僅かに情報因子の残光を身に纏っていた。何かしらのコードを用いて現れたらしいが、それが一体何なのかは分からない。想像を絶するほどの高度なものである事だけは分かるが、それだけだ。

タチバナはため息交じりに彼を見上げた。

「何故だか、昔の妻を思い出しましたよ。いつも尻に敷かれていたものです」

「あれなら尻に敷かれたところで重くもなかろう」

「彼女も今は痩せていますが、二十年後はどうだか」

互いに冗談を言い合い笑うタチバナだったが、冗談はそこまでと表情を切り替える。

「それで、例の依頼の件ですが。進捗はどうです？」

「ツシマもよくやっている。ちょうど一人目の標的を仕留めたところのようだ」

「では、あと一人ですか。これならすぐに終わりそうですね」

タチバナの無責任な言い方に初老の男は大きなため息をついた。まったくこの男は、という呆れが含まれていた。

「六帝剣はその辺の情報師とは異なり桁違いに強い。いくら奴でもすぐには終わらない。ニコチン中毒のボケた脳みそでは、昔のように無茶は出来んだろうしな」

「なに？　彼はまだ煙草を吸っているんですか。これは、呆れた人だ」

「コードの組み立てを乱すにはニコチンとアルコールは効果的だ。正体を隠したいツシマにとっては欠かせん道具なんだろうよ」

腕を組んで語る初老の男は、あくまでツシマの味方らしかった。タチバナは彼を上目遣いに見上げると、椅子の背もたれに寄りかかる。

「ついつい面白くなって妙な約束事をしてしまいました。彼がやられることは無いでしょうが、万が一があっては困ります。手助けをしてあげてください」

「承知した」

短い挨拶を残し、初老の男は瞬きをするよりも早くその場から忽然と姿を消した。

たった一人、フロアに残ったタチバナは机の上に置かれた写真立てに手を伸ばす。それは独立戦争終結直後に、英雄と呼ばれることになる七人の情報師たちが一堂に会した写真だった。

その写真を撮影した後、彼ら七人全員が集まったことは一度としてない。唯一にして最後の記念写真だった。

写真の中央で、泥だらけの姿で白い歯を見せて笑う男がタチバナだ。そして写真の一番隅っこで背中を見せて煙草を吹かす少年の背中が写っている。

タチバナは、その背中を指で弾いた。

「色男は正体を隠していても健在ですね。羨ましい限りだ」

＊＊＊

情報師たちの因縁の土地、ジャバルに雷鳴が響き渡った。重たい雪雲が頭上を覆い、ツシマとフィーネの二人は灰色の荒野に向き合っている。

フィーネは一度、しっかりと目を閉じてから黄金に輝く瞳をツシマに向けた。彼の告げた事実が、彼女を困惑させていた。

「私の暗殺だと？」

圧倒的強者である彼女を狙う人間など今まで存在すらしなかったに違いない。フィーネは確かめるようにツシマへ問いかけた。

「馬鹿げているだろう？　あんただけではない。カヌスとセットで消せとご所望らしい」

ツシマはため息交じりにカードを懐に戻した。

「つまりは、はじめから俺とあんたは殺し合う定めだった。そういうことだ」

未だに理解できないという雰囲気を放ちながら、フィーネは冷たい表情をツシマに向ける。

「その命令を下したタチバナは愚か者ね。お前に私が倒せると思っていることも、バルガ帝国に牙を剥いたことも、すべて過ちでしかない」

「そうでもない。やってみないと分からない事もある」

短くなった煙草を地面に投げ捨て、ツシマは肩幅に足を開いた。体はきしみ、腹の傷からは出血が始まっている。どうあがいても、状況は向かい風だ。

だが、それでもやらねばならないことは目の前から消えはしない。標的を眼前に捉え、ツシマは最後の軽口を飛ばす。

「これでお互い相思相愛ってわけだ。悪くない舞台が整っただろ？」

「愚か者もここまで来れば立派だ。いいわ。私に挑んだことを、後悔させてあげる」

ツシマの動きを見て、フィーネも身を構えた。二人の間に漂う空気が急激に緊張感に満ちていく。

一触即発の空間。張り詰める空気の中に、一粒の雪の結晶が降ってきた。白い雪が二人の視界に挟まれ、音もなく地面に落ちる。まるでそれを合図にしたかのように、二人はほぼ同時に目を激しく光らせた。

フィーネの放つコード執行は光の刃だ。対抗するツシマは熱線を放つ。互いに仁王立ちを決めたまま、正面からの力勝負が始まった。

二人が執行する現象は轟音を上げて衝突をする。飛び散るものは光の破片と膨大な熱量そのものだ。

二つの生成物がぶつかり合い、粉砕して飛び散った先では火の手が上がる。もしくは光の刃が万物を貫いていった。

その激突は、周囲を真昼のように照らすほどに熾烈だ。互いにぶつかり合う執行物は拮抗しあっているように思える。

しかし、顔色一つ変えないフィーネに対して、ツシマは苦し気に表情を歪ませる。

「チッ、やはり分が悪いか」

ツシマは既に六帝剣カヌスとの戦闘を行った後だ。流石の彼でも、カヌスとの戦闘で負った傷は癒えてはいない。執行負荷で先に悲鳴を上げたのはツシマの方だった。

フィーネはその気配を察知する。立ち止まっていた足を一歩踏み出し、徐々にツシマとの距離を詰めてくる。

「クソ！」

力の拮抗は崩れてしまえばあっという間だ。

ツシマはコードの執行をあきらめ、瓦礫の向こうへと身を翻した。だがフィーネは彼を逃しはしない。新たなコードを執行する。

「一刀閃雷」

フィーネは囁くようにつぶやき、コードを執行する。優雅な動作で細く長い手をツシマの方へと振るう。すると同時に、どこからともなく現れた光の帯が、地平線まで伸びて世界を一閃した。

ツシマは無様な格好もかえりみず、地面に身を投げ出す。

その直後、彼の頭上を閃光が走った。フィーネの振るった一閃は、たった一振りでジャバルの瓦礫のほとんどを粉砕していた。

頭の上に降り注ぐ瓦礫にまみれながら、ツシマは必死に身を隠す。もはやどこに隠れていようとも、意味はないようにも思える圧倒的なコードの執行を前に、ツシマの額には脂汗がにじんだ。

「くそったれ、いったい何をどうしたらこうなるんだ？」

ツシマは本格的に傷が開いて血が流れ始めた腹を押さえた。既に多くの血を失っている状態だ。これ以上の出血は死を意味している。掌についた血を見て、ツシマは長期戦の選択肢を捨てた。

　おそらく、フィーネのコードは光に物理性を付与するというものだ。光という粒子は微小ながらも何かを押す力を持っている。その力を、光そのものを極限まで圧縮する事で最大化しているのだろう。

　理屈は見当が付く。

　だが、どんなコードを組めばそんな事が出来るのかは理解できない。全くの不明だ。格外等位情報師は超常の力を扱う、とはよく言ったものである。

「あんな化け物をどうにかしろってのか。全く、タチバナの野郎」

　ほんの一時、手合わせしただけでフィーネが化け物じみた情報師だと理解できた。だが、ここで逃げれば背中を打たれるだけだ。

　ツシマは土煙が立ち込めるジャバルの街を見つめながら、仮説を組み立てて、戦略を模索する。

「やれるだけやるしかないか」

　半ば諦めの域に達しつつもツシマは瓦礫の間から身を起こした。

　土煙の向こうにいるにもかかわらず、光を身に纏ったフィーネははっきりと居場所が分かる。身を隠すまでもない、という意味らしい。

　ツシマは独自のコードを執行して、フィーネに駆け寄った。彼女も気配に気が付き、閃光を放つ。

だが、何故か彼のいる場所とは僅かに場所がずれていた。

頬や肩を裂いて飛んでいく閃光の弾幕を真正面から突っ切り、ツシマは遂にフィーネに手の届くような距離まで到達する。そこでフィーネは彼が熱による光屈折を用いていることに気が付いた。

いわゆる蜃気楼の原理で見える位置を僅かに変えていたのだ。その証拠に、間近で見る彼の輪郭は不自然に歪んで見えていた。

そして、ツシマはあえて苦手とする接近戦に持ち込む。戦い方からして、フィーネはツシマに共通するものがある。超火力で広範囲を殲滅するコードは、自爆を避けるために至近距離では扱いが難しくなる。

一種の賭けだったが、フィーネは目の前に迫ったツシマに対して、堂々と接近戦を始めた。彼女は光の帯を硬質化させると、まるで剣のように握る。ツシマは熱を帯びた拳で対抗した。

騎士の名を冠する程はあり、フィーネの剣術は見事だった。振るわれる剣先は整然とし、一切の無駄がない。

対するツシマは粗が目立つものの、単純な力で押していく。振るわれる剣先をはじきながら、懐に迫るツシマにフィーネは僅かに表情を曇らせた。

ツシマは常に一定の距離を空けようとするフィーネに詰め寄った。剣の間合いを空けられればツシマに勝利の可能性はなくなる。限界まで距離を詰めるインファイトに徹するのだ。

何度か拳がフィーネの上着をかすり、このまま押し切れるという手ごたえを感じ始めた。

その時、彼女の放つ雰囲気が変わったことにツシマは気付いた。

先ほどまで、はっきりと分かるほどに放たれていたはずの殺気が引いていくのだ。その理由は、彼女の表情を見れば馬鹿でもわかった。

フィーネは完全に興味を失っていた。彼女は地面に転がる小石を見る目でツシマを見る。そして、聞こえないほど小さな声で呟いた。

「期待外れね」

ツシマの耳にその言葉が聞こえた時、何かを考えるよりも先に激しい衝撃に襲われた。

フィーネとの距離は数十センチほどもない。それは彼女に得意のコードを執行させないためだった。

だが、フィーネの技量はツシマの想像をはるかに超えていく。針の穴を通すかのような完璧な精度で、彼女の放つ光の矢がツシマに突き刺さっていた。

フィーネの輪郭に数ミリだけ触れず、かつツシマを貫く完璧な軌道操作で放たれた光の矢が横っ腹に突き刺さった。

ツシマの身体はくの字に折れ曲がり、遠く離れた瓦礫の山まで吹き飛ばされる。そして、瓦礫に叩きつけられて勢いを止めた。

たった一瞬。たった一撃で形勢は逆転した。

否。

ツシマがフィーネを押していた場面など一度もなかった。それを示すように、フィーネは実に退屈だと言わんばかりに長い髪を靡かせる。

「カヌスはこんな男に負けたのか？　六帝剣ともあろう者が、情けない」

墓標のように光の槍を体に突き立てられたツシマを見て、フィーネは吐息をつく。彼女にしては珍しく、失望という感情が表情に浮かんでいた。

「だが、獅子はネズミを狩るにも手を抜かない。主の受け売りだが、その通りだ。私の最大火力で殲滅しよう」

そう語り、フィーネは空に手を伸ばした。そして囁く。

「天冠光刃」

彼女の所有するコードの中で最大級の技が執行される。

地上に生まれた光の帯が、幾重にも折り重なり竜のように波打ちながら空へと昇っていく。鈍色の空に昇った光たちは、神々の降臨を思わせるほどの輝きを放ちながら一つの大きな光の輪を創り出していった。

その光の輪には、幾つもの黄金の矛がシャンデリアのように連なる。数えることすら無駄に思えるほどの無数の光が、あっという間に形成されてツシマを見下ろした。

「全てを無に帰す、最強の一撃だ。これで死ねる事をあの世で誇れ。ツシマ・リンドウ」

もはや、フィーネにとってツシマという情報師は有象無象の一人にすぎなかった。最後の一撃が彼をどのように死へ導くのかすら興味がないと、彼女は背を向ける。

半身を起こしたツシマは朦朧とする意識の中で、フィーネの天冠光刃なる技の光を目に映した。その光の輪は、悪夢の日に見た光景と同じものだった。その事実に、彼の本能が強制的に意識を覚醒させる。

その時、ツシマの腹の奥底に沈んでいたどす黒い感情が、はっきりと目を覚ました。強く抱きしめる腕の中で冷たくなっていくシオンの体、彼女が最後にみせた優しい笑顔。人の温もりや優しさを教えてくれたかけがえのない人が、無残に死んでいく光景がフラッシュバックした。

それと同時に強烈な感情が湧き上がっていく。

恨み、憎しみ、怒り、あらゆる負の感情を練り合わせ、十数年という時間の中で完成した殺意が顔を起こす。

そして、ツシマの中で目覚めた悪魔が彼の耳元で呪いの言葉を囁いた。

全ての苦しみの根源は、コイツだ、と。

「そうか、姉さんの仇は、お前だったのか」

ツシマは不思議と救われたような表情で口ずさんだ。

直後、上空に浮遊する光の輪から放たれた無数の光の破片が、一斉に彼へと降り注いだ。

辺りを埋め尽くす、目も開けられないほどの激しい光。そして立ち上る激しい土煙。瞬く間にツシマのいた場所は、地形すら変える壮絶な被害に襲われた。光の速度で絶え間なく衝突を続ける光は無慈悲にツシマの体を消し去っていく。

フィーネは背後で続く爆音が止むと、勝利を確信して立ち去ろうとする。実に退屈な時間を過ごした後の、後悔のような雰囲気すら纏っている。完全な強者の姿がそこにあった。

しかし、今回は様子が違った。彼女は一歩を踏み出した直後、異変に気が付いた。立ち上る煙と残光の中に、歪な気配を感じたのだ。

フィーネは勘違いを確認するために振り返る。土煙の影の中で、何かが動く気配がした。よろよろと立ち上がるのは明らかに人影だ。

北風に吹かれて、かき消えていく煙の中から徐々に人の姿があらわになっていく。

「何故、立っている？」

彼女の視界に姿を現したのは、ボロボロになったツシマだった。彼の姿を目にしてフィーネは初めて動揺を見せる。

彼は全身に泥と血を浴びている。フィーネの一撃を身に浴びて、ズタボロになった身体からは内臓が零れ落ち、両目からは執行負荷により血の涙が流れ出していた。

その姿はもはや人と呼ぶには程遠い。悪魔か、魔人か、そういった邪悪な化け物のようだ。

それでもはっきりと分かるのは、波打つ前髪の間から見える邪悪な瞳だった。青さを超えた、どす黒い光を帯びた目が、殺気以上の凶悪な感情を放っている。

身体はもはや修復不可能なほどの損傷を受けている。にもかかわらず彼の口元は笑っていた。一体どんな感情になればそんな笑顔が浮かぶのだろうか。

その姿を見たフィーネは直感的に理解した。

理由は分からない。だが、この瞬間にツシマという男のタガが外れた。踏み込んではいけない世界に、ゆっくりと足を搦め捕られていくような悍ましい気配がした。

思わず後退りをしたフィーネに、ツシマは悪魔のような表情を向ける。

「糞みたいな神様も、たまには良い事をしてくれるぜ」

瓦礫の上に立つツシマは瓦礫の山から一歩踏み出し、よろけた。そして不思議そうに自分の体を見下ろす。

「なんだ？　死に体じゃないか」

彼の独り言を聞き、フィーネは冷静さを取り戻す。ツシマはまるで余裕のように見せているが、実際は風前の灯だ。もう一押しで完全に沈黙する。そう判断した。

フィーネは足元に光の足場を構築して、天高く飛びあがった。そして彼女は更に火力の高いコードを執行する。

「まさか、これを使うことになるとは」

フィーネは天高く手を掲げる。その手に巨大な光の帯たちが集まり、結い合わされていった。大きな光の帯は限界まで圧縮され、辺り一帯を晴天の太陽よりも激しい光で覆いつくしていた。徐々に光の集合体はフィーネの手の中で一本の槍に変化していく。

「天譴ノ矛」

フィーネは光の矛を握るとそう告げる。

これは彼女が扱う最大級の攻撃だ。超高密度な光の塊は、あまりの輝きに全てを飲み込んでしまうほどに眩い。おそらく、地平線の向こう側からでも、この光は見えているだろう。

「貴様はここで滅ぶべき存在だ。我が主の天譴を喰らうがいい」

彼女は地面を見下ろし、ツシマが佇む場所に向かって矛先を振り下ろす。質量をもった光の塊は恐ろしく重たい。奥歯をかみしめ、鬼の形相で振りかぶったフィーネの手から天譴ノ矛が放たれた。

辺りの土煙を一瞬にして霧散させながら天譴ノ矛は地面にいるツシマの頭上に衝突する。そのままツシマを貫き、大地を穿ち、下手をすれば岩盤のプレートまでも達しかねない人知を超える一撃だった。

しかし、事はそう簡単にはいかなかった。天譴ノ矛がツシマの目前に迫った時、極めて不自然に勢いを弱めて消えたのだ。後に残ったのは、天譴ノ矛が生み出した暴風のみだ。

瓦礫の町に立ち込める土煙が一息に吹き飛ばされる。一気に視界の開けた礫ガラの上で、ツシマが何事もなかったように立っていた。

あれだけの攻撃を浴びせたにもかかわらず、彼は全くの無傷だ。それどころか彼の立つ地面には溝一つ残っていない。

ツシマはゆっくりと禍々しく光る瞳でフィーネを見上げた。彼の片目は完全に潰れていた。先ほどよりも一層身体の崩壊が進んでいる。過剰なコード執行負荷による崩壊現象である。

しかし、血の涙を流しながらも、ツシマは満面の笑みを浮かべてフィーネへ手を伸ばす。なにかフィーネの想定とは異なる別のコードが執行されている。彼女は本能で悟るも、理解が追い付かなかった。

自身の最大攻撃を防がれただけでなく、相手は未知の攻撃を仕掛けてくる。逃げるにも、防ぐにも、動きようがなかった。

「なにを、これしき！」

フィーネが叫び、再び天譴ノ矛を紡ごうとした時、彼女は右半身に走る奇妙な感触に気が付いた。何かに包まれるような生暖かい感覚だ。上げた視線の先、彼女はガラスのように光に透ける右腕を見た。

「なっ！」

フィーネは驚愕の表情を見せる。そしてとっさに光の帯で右腕を根元から切り落とした。

体を離れた彼女の腕は、足下へ落ちる前に音もなく、完全に姿を消していく。それはまるで世界に溶けて消えていくかのように、美しい消滅だった。

滝のように出血し始めた傷口を押さえ、フィーネは光の足場に膝をついた。激痛にコードの執行も定まらない。歯を食いしばりながら、彼女は目と鼻の先で起こった出来事に苦悶の表情を浮かべる。

「これは。一体、なにをした？」

脂汗を滴らせながら、フィーネはツシマを睨みつける。彼は不敵に笑いながら瓦礫の上で肩をすくめた。

「さぁな。理屈は知らん。だが、熱も存在も、どれも同じエネルギーだろう。だったら増えもすれば消えもする。そして俺は誰よりも、お前をこの世界から消したいと願っただけだ」

ツシマは自ら編み出した謎のコードを解説して笑った。フィーネは額に大粒の汗を滲ませながら、信じられないとばかりにかぶりを振る。

「つまりは、存在エネルギーの消滅を行ったとでも言うのか？　そんな馬鹿なことがあってたまるか。それではまるで抽象概念。『科学の世界』を超えた『哲学の世界』ではないか」

「だから、言ってるだろう。これは理屈ではないんだ。このコードは謂わば、願いだよ。頼むから、この世から消え失せてくれってな」

虚空を見つめたままツシマは、半笑いで首をかしげた。

「これが答えだ。不満か？」

忌まわしい仕草に、ツシマから死人の気配が放たれる。ひと触れすればたちまち死に飲まれる極大の恐怖を身に受け、フィーネはかつて一度だけ感じた同様の感覚を思い出した。

「このばかげたコード。一つだけ、覚えがあるぞ」

フィーネは光の足場に再び立ち上がる。そして、強気な目でツシマを見下ろした。

「お前、独立の七英雄『孤影の情報師』だな？」

フィーネの問いかけに、ツシマは虚ろな目を向ける。そして「だったらどうする？」とだけ、曖昧に答えた。

孤影の情報師。エルバル独立戦争の七英雄の一人で、連合国の艦隊が総力を挙げて奪還を試みたエルバル島東海岸を、たった一人で殲滅、死守した伝説の情報師だ。だが既に死亡したと噂されている人物の一人である。

そんな男が生き残り、目の前にいる。その事に驚愕しながらフィーネは傷の治療に入る。

「なるほどな。どうりでばかげた強さを隠しているわけだ」

フィーネは身体に光の帯を巻き、止血を施しながら考えていた。

ツシマの話が本当であれば、彼のコードはあらゆる対象を世界から消し去ることが出来るはずだ。存在そのものを消されてしまえば、どんなコード執行も意味をなさない。つまり、彼は最強の矛と盾を兼ね備えている。

だが、フィーネは一つの疑問を抱く。それだけの能力があるのであれば、なぜ初手で自分の頭を消滅させなかったのか。それが出来ない理由があるはずだ。

そこでフィーネは、とある仮説を思いつく。彼のコードは執行するのに精密かつ確実な位置情報が必要なのではなかろうか。執行負荷で視界を失った彼は、それを知ることが出来ない。だから致命の攻撃を外したのではないか。

結論に至り、フィーネは静かに乾いた唇を舐める。

「ぬかったな、ツシマ・リンドウ」

今度はフィーネがほくそ笑む番だった。彼女は光の帯を全身に纏う。彼女の生み出す物理性を帯びた光は見渡す限りの影という影を消し去るほどに光り輝いた。

眩い光の中に飲み込まれたフィーネは、左手に天譴ノ矛を生成し始める。その予感を見上げながら、ツシマは大きなため息をこぼした。

「忌々しいんだよ。お前も、この光も、この場所も、すべてが目障りだ」

フィーネの読みは正しかった。ツシマの両目は過剰なコード執行の負荷に耐えられず、まともに見えていない。残された視力ではフィーネの正確な位置が分からなかった。次の一撃で勝負を決めねば、負けるのはツシマの方だった。

それでも捨て身のツシマは更に極めて膨大なコードを執行する。

一度進みだした復讐の道は、暗く淀んだ世界の澱みへ続く一方通行の道だ。残された選択肢があるとすれば、誰を道連れにするのか。ただそれだけだった。

「天地万象、一切消え失せろ」

ツシマが語ると、彼を取り巻く地面が霞んでいく。存在エネルギーを消されていく大地が、幾重にも重なって見えているのだ。空に構えるフィーネは、この世とは思えない光景に思わず息をのむ。

異変の中心で、ツシマが天を見上げて大きく手を広げた。彼の両目は完全に潰れ、赤黒い血が彼の眼窩に溜まって流れ出す。それでも彼は満面の笑みで叫んだ。

「あぁ、姉さん。あんたの仇を、いま殺すよ！」

天譴ノ矛を振りかぶる。狙い澄ました矛の軌道は、もはや一刻を争う。フィーネはそう判断し、光を浴びるツシマからは見えることはない。確実な死を与える為の一撃が放たれた。

空に鳴り響く雷鳴に重なり、光の槍が大気を裂く。ツシマに届くまでは瞬き一度の時間もかからなかった。

だが、フィーネの持つ最大の一撃は、再びツシマの凶悪な防御の前に粉砕された。光の矛はツシマに迫るほどに姿を消していく。

それでも、ツシマのコード執行力には陰りが見えていた。わずかに残った光の矛がツシマの首筋を掠めて背後に消える。

直後、彼はほくそ笑みながら天譴ノ矛が飛んできた方向に腕を向けた。

「あばよ」

そう言ったツシマの口から血が零れ落ちる。もう、彼は執行負荷の限界を超えた。これが本当の最後の一撃だ。

上空で事を見守っていたフィーネは舌打ちをする。身体を守っていた光の帯が、輝きを失い煙のごとく溶け消えていく様を見てツシマが何をしたのかを悟ったのだ。

ツシマが限界を超えて放ったのは、位置など特定することも不要な広範囲に向けた存在消滅だ。既に彼がフィーネの位置を特定する手段はない。だからこそ、一度攻撃を受けたうえで、方角を絞る。その上で広範囲攻撃を放った。

単純だが、それだけのことだ。

次第に消滅していく身体を見つめ、フィーネは悲鳴を上げた。本来であれば存在消滅を受けたものは眠りにつくかのようにこの世から消えていく。

しかし、コードの執行力が弱まったツシマの一撃では、完全に彼女のすべてを消し去る力はなかった。

体をいびつに消滅されたフィーネは、全身あらゆる場所を抉られたように血を噴き出す。光の守りを失い、死の恐怖を前にしたフィーネは絶叫しながら足場を飛び降りた。そして何の予防策もなく、ジャバルの瓦礫の中にたたきつけられる。

立ち上る土煙と、衝撃の気配に、ツシマは勝負がついたことを悟った。そして力なく地面に膝をつく。

「フィーネ。あんたの死にざまが見れないのは残念だ」

死という未来しかない現状を前にして、ツシマは煙草を咥えた。これが生涯最後の一本だ。心待ちにしていた煙を吸おうとオイルライターを取り出す。

すると、不思議と暗い視界の上にルプスの顔が浮かんだ。死に際にもかかわらず、何故シオンではなくルプスの姿が現れるのか。

その理由に、ツシマは気が付いた。

オイルライターに触れてカチカチとなる小指の指輪の存在が、何も見えないツシマに語りかけている。

このまま死んでいいのか、まだ残した約束があるのだろう。

ツシマには帰る場所がある。守るべき人がいる。それは過去に守れなかったシオンとの約束でもあり、帰りを待つルプスとの約束でもあった。

「仕方ないな。生きて帰るか」

呟くように口にして、ライターをこする。煙草に火が付くと同時に、ツシマは何も見えない世界に一歩踏み出した。全身の感覚はほとんどない。それでも本格的に降り始めた雪の冷たさだけは不思議なほど感じられた。

だが、その冷たさが倒れ込んだ地面の冷たさに変わっても、ツシマは気が付くことはなかった。

既にその時にはツシマは意識を失っていたのだ。限界を超えたコード執行の対価は、死である。彼ほどの実力をもってしてもその現実は変わらない。

先ほどまでの激しい戦いが嘘かのように、辺りは静まり返っていた。二人の英雄が死闘を繰り広げ、儚く散ったジャバルの土地に雪が降り積もる。

それは、まるで世界の穢れを覆いつくすように、ただ深々と。

＊＊＊

いつしか辺りは雪で覆われ、抉れて崩れた街並みの全てを白一色に染め上げていた。汚れの一つも見えない雪景色。そんな美しい世界に一人の男が現れた。

どこからともなく、まるで初めからそこに存在していたかのようにジャバルの土地に立った彼は、三つ揃えの品のあるスーツを着ている。中折れ帽子の下には白髪交じりで綺麗に整えられた顎髭が見えた。

風格を放つ初老の男は、雪の下に埋もれたツシマを見下ろし、呆れた様子で呟く。

「若さかね。どうしてお前はすぐに無茶をするんだ？」

腰に腕を当てて、意識のないツシマを見下ろした男は返事を待つ。だが、完全に沈黙してしまったツシマは、何も言い返してこない。当然だ。激戦に次ぐ激戦で、彼は死んでいるに近い状態だった。

「仕方がない奴だ」

まるで子供を叱る親のように呟き、男はツシマの足に手を伸ばした。

その時、男の手が止まる。

彼が手を止めたのは、同じように音もなく現れた女の存在に気が付いたからだ。

一度屈めた体を起こし、男は帽子を軽く取って挨拶する。

「これはこれは、皇帝陛下の騎士殿。遠路遥々どういったご用件かな？」

男が声をかけた相手は煌びやかな民族衣装を着ていた。幾つもの装飾が入った髪飾りを着け、やたら歯の長い漆塗りの高下駄を履いている。彼女は綺麗に模様の彫られた人形のような仮面の下で、蝶のような声を発する。

「ぬしの気配を感じたから来んした」

「おや。悟られぬようにそっと来たつもりだったが」

「ぬしほどの男は他にござりんせん。もう少し自覚したほうが良うござりんす」

滑らかに、まるで歌うような口調でそう言うと、女は軽く口元を隠して笑った。対峙する男も「お前さんにそう言われると照れるな」と頬を緩ませた。

呑気な会話をしている様に見えるが、この二人は世界の覇権を握る二人だった。男はエルバル最高戦力と名高いアイマン・ドルーグであり、女のほうは現皇帝唯一の騎士であるアマノミカミだ。互いに世界で二人しかいない十三等位情報師の位を持つ最強同士が、こんな因縁の僻地で出会ってしまったのである。

「ほんで、今日は何の用で来んした?」

アマノミカミに問いかけられ、アイマンはやや遠慮気味に足元に横たわるツシマを指さした。

「この男を連れて帰る都合上、邪魔した。お前さんとやり合う気は全くないんだが、そちらはどうかな?」

「最近、退屈をしてやす」

「……」

「……」

アイマンはアマノミカミが発した言葉の意味を理解するのに少し時間を要した。昔から彼女は独特な感性を持つ人物であり、コミュニケーションに困ることが多々あるのだ。

今回も、アイマンの脳内で翻訳された言葉でやっと会話が成り立つ。

どうやら彼女はツシマに興味を持ったらしい。それもそうかもしれない。六帝剣の二人を単身で倒した男だ。遥かなる高みにいる彼女の関心を引くのは理解できる。

アイマンは喉を鳴らし、アマノミカミを制するように手のひらを突き出した。

「悪いがこの男はそちらにやれん。お前さんとこの皇帝も承知のはずだ」

「さぁ、それはあちきには関係のありんせん事」

アマノミカミは軽くひざを折り、しなを作った。アイマンは「困ったなぁ」と呟きながら事情の説明を続けた。

「この男の件に関しては皇帝も関わっている話だ。私がこうして回収に来ることまで、筋書き通りかと思うぞ。お前さんとこの皇帝は筋書きを乱されるのが嫌いだろうからな。ここで厄介ごとを起こすと後々どうなるか保証は出来んのだが」

「そうでありんすか。それは手を出せば何を言われるか分かったものではありんせんなぁ」

アマノミカミは相変わらずゆったりとした穏やかな口調でそう呟くと、空から降ってきた雪を掌にとらえる。作り物のような白い手にのった雪を眺めてから、彼女はそれをそっと両手で包んだ。

「その色男、こちら側に成りえる器でありんすか」

「かもしれんが、まだ何とも」

アマノミカミはアイマンの返事を聞いて、下駄を揺らしながら雪の上を器用に歩み寄ってきた。心地よい足音を響かせて距離を詰める二人の間に、緊張感が生まれていく。

彼女は瀕死のツシマを足元にして、手に包んでいた一粒の雪を彼の上に落とした。

雪はまるでダイヤモンドのように光り輝く一滴の雫となり、ツシマの体の上に落ちる。彼の背中に降り積もった雪を溶かして、体に触れると音を立てて体の中に浸み込んでいった。

そして、数秒の空白を空けて突然ツシマの呼吸が大きくなった。まるで溺れていた人間が地上で目覚めたかのように、荒い呼吸を繰り返す。

「良い男は多いに越したことはないでありんす」

背中を見せつつ、アマノミカミは首だけをアイマンに向けて妖艶な視線を送った。

おそらく何かしらの治療的な行為だったのだろう。脳内だけでなく全身を大きく損傷していたはずのツシマが、意識を取り戻さないまでも回復していた。

アイマンは中折れ帽を取り、軽くお辞儀で返す。

「配慮に感謝するよ」

「構いんせん。こちらの用事ついででありんす」

そう言うとアマノミカミはゆったりとした動きのまま、雪の下に埋もれていたフィーネを摑み上げた。ツシマ同様に酷く損傷した彼女は、生きているかも怪しい状態だ。

アイマンはフィーネの生存を見て、表情を厳しくした。

「そいつは、ここで死んでもらわないと困るんだ。おたくの皇帝がそう望んでいる」

アイマンの警告ともとれる台詞に、アマノミカミは小首をかしげる。そんなこと知ったことではない、という態度がありありと見えていた。

「はて、皇帝が？　理解できねぇでありんすね。これはあちきの可愛い後輩でありんすから、死なすには情が湧きんす」

仮面の下で、僅かに覗くアマノミカミの瞳に光が差す。その様子を見て、アイマンはそっと両手を上げた。これ以上は事を構える気はない、という意思表示だ。

アマノミカミは緩やかにしなを作ると、フィーネを軽々と抱きかかえた。そしてアイマンへ目配せをする。

「また会いんしょう」

「あぁ。達者でな」

別れを告げると、彼女は青い情報因子の発光に包まれて姿を消した。アイマンは完全に彼女の気配が消えたのを確認して肩の力を抜く。そしてツシマを見下ろした。

「全く、運のいい男だな。お前は」

ぼそりと愚痴をこぼしつつも、その言葉にはどことなく愛情に似た温かみがあった。

アイマンは乱雑にツシマを仰向けにすると、彼の片足をつかんで引きずる。

雪の上を引きずられるツシマは死人のように一ミリも動かない。口笛交じりに歩くアイマンが、コードを執行すると時空を割いて別次元空間が発生した。

そして蜃気楼のように揺らめく時空の狭間に、アイマンとツシマは溶けて消えていったのだった。

二人が立ち去った後に残るのは、降りしきる吹雪と山脈の景色のみだ。ここには誰もいない。初めから、何もいなかった。そんな様子だけが残っていた。

＊＊＊

エルバル独立都市内にある中央会議場。そこは窓一つなく、ドーム状のやたら広い空間だけが広がっている不気味な空間だった。

その会議場の中央に二人の雄姿が円卓を挟んで向かい合う。互いの余裕ある表情とは対照的に、背後の暗闇に潜む護衛たちからは恐ろしいほどの緊張感が放たれていた。

それもそのはずだ。互いに向かい合う人物は、世界の覇権をめぐり知略の刃を振るい合う者。カウサ・インサニアとタチバナの二人だった。

恐ろしい雰囲気が漂う空間に、タチバナの声が響いた。

「いやはや、わざわざ貴公がいらっしゃるとは思いもよらず。こんな中途半端な場しか用意できず、大変心苦しい限りです」

張りつめた空気を感じさせない飄々とした口調でタチバナは言った。その言葉に対し、カウサもにこやかな笑顔と共に答える。

「急な訪問をお許しいただき、それだけで有難い限りです。何を隠そう我々は表向きには犬猿の仲という事ですからね」

「ほう。まだ、表向きにと言っていただけるとは」

大人の社交辞令は恐ろしい。特に国を背負うほどの大人が、互いの利権をかけた場ともなれば尚更である。

「正直、今回の件で我々が痛手を負ったのは認めざるを得ない結果です。ですが、その痛みを無視しなければならない時もある。我々の世界とはそういうものでしょう」

多少口調を険しくしつつも、カウサは対峙するタチバナに負けず劣らずの堂々とした態度でそう言った。

事実、バルガ帝国は世界を賑やかした反逆の皇女の一件で、ひと言で済むほど単純ではない打撃を受けていた。

一夜にして世界中を駆け巡った皇女処刑というニュースは、盤石だったバルガ帝国の地盤が揺れ動き始めているという印象を与えるきっかけになる。

さらにそこへ追い打ちをかけるかのように、帝国最強と名高い六帝剣が脱落するという衝撃的な情報が舞い込んできたのだ。それも第二皇子の騎士でもあった六帝剣が死亡し、第一皇子の騎士までもが重傷を負ったと聞く。

これによってバルガ帝国は国際的な権威を落とし、軍事力と共に、経済面でも大きな損害を被る事となった。

噂には複数の投資家や経済界の大物たちがバルガから手を引き、次の覇権国家に向けて投資を開始したとも聞こえてくる。当然、それらの誘導の裏側にはエルバルの存在があることは言うまでもない。

　カウサも自分たちに不利な情報を流した相手がエルバルだと気が付いている。しかし、ここでエルバルと対立し、関係を悪くするよりも良い一手があると見込んでいるのだろう。

　彼は腹の底にしてやられた恨み辛みを押し込め、皇族の余裕を演出して見せつけている。自分よりも若い男が見せる努力に、タチバナは賞賛の笑みで返した。

「結果的にはバルガ帝国の負った不利益が多い形にはなりましたが、これも貴公の想定内なのではないですか？　現に、皇帝陛下の力も衰えつつある。次期皇帝と噂に名高いカウサ殿の出番も近くなったかと」

「まさか。私は皇帝陛下の盾となり矛となる役目。皇帝陛下がご健在の間は、その様な考えは一切ありませんよ」

　あくまで自分は皇帝に仕えるしもべの一人。そう言ったにもかかわらず、カウサの目には明らかに野心の色が見え隠れしていた。

「しかし、今回の一件でひとつだけ私の予想を超える事が起こりましてね。そこで一つ相談に参ったわけです」

　ビジネススマイルを交わし合っていたカウサが、表情に険しさを滲ませる。本題に入るつもりだと、タチバナも背筋を伸ばした。

「貴方が亡命任務のために送り込んできたツシマ・リンドウに関してです。彼は今回の件で愚弟の騎士を殺め、我が騎士までも撃退した。その後、不運にも増援に駆けつけた別の六帝剣に殺されたと聞きます。私としても、エルバルの貴重な戦力を使い捨てさせてしまったことは遺憾なのですが、彼の正体が何だったのか納得いかない部分がありましてね」

カウサは口元にだけ笑みを残したまま、タチバナに鋭い視線を向ける。

言葉の上では分かっていないふりをするが、腹のうちでは分かっているのだ。六帝剣を単身で仕留めるほどの情報師は何人もいない。身分を偽り送り込まれてきた情報師が誰なのか、そしてそれは誰の意図によって動き、何故このような結果を生み出したのか。答えを探ろうという腹積もりだ。

タチバナは何もないと言わんばかりの柔和な表情で答える。

「ツシマ・リンドウは我が都市が誇る戦術兵器のひとつです。ご依頼があれば、敵対国であろうと、世界の裏側であろうと送り込む。そういう人材です」

「つまり、平凡な七等位情報師などではないと?」

「はは、まさか。ただの七等位情報師が六帝剣を倒せるわけがないでしょう」

カウサは意外にも簡単に事実を告げたタチバナに大きな違和感を覚えた。

彼が依頼したのは、ルプスの亡命と護衛である。そのためだけにそんな規格外な人材を送ってきたのだろうか。エルバルがそこまでルプスという人材を欲している様には思えない。

カウサの頭の中で無数の可能性が広がり、論理的に話の筋が繋がっていく。そして、幾つか浮かんだ予測の中で最も恐れている一つにたどり着いた。

カウサの表情が曇り、タチバナへ敵意のある視線が向けられる。

「この件に、皇帝陛下はどれほど関わっておられるのですか？」

カウサのたどり着いた答えに、タチバナはわざとらしく表情を動かして見せた。そしていつもの笑顔に戻る。

「さて、何のことやら」

最早、隠す気が見えない台詞だった。それを聞いて、カウサは全てを悟った。

現バルガ帝国皇帝は、皇子たちの争いの全てを知っている。その上で、カウサやロスの思惑である、現皇帝の失脚に対して一手を講じていた。

時代が来れば、いつか皇帝の座を継ぐであろう皇子たちを殺すことは出来ない。だが皇帝自身の目が黒いうちは、まだ反乱させるわけにもいかない。

知略、権力、人脈、そして暴力を持つ皇子たちは、放置するには余りに危険と判断したのだ。せめて彼らから自由の利く暴力を奪うことで弱体化させる。それが、彼らの騎士を無力化するという手段だった。

すべてはそのための一件だったのだ。

カウサは真実を悟り、強張った表情を掌で隠した。

「なんと恐ろしい。世界はまだ、私の物ではないという事か」

　タチバナの不気味なまでの笑顔を前にして、カウサは独り言のようにつぶやく。それは敗北を知った者の言葉であり、同時に彼を再び挑戦者として立ち上がらせる原動力でもあった。

「これはいい学びになりました。今後とも、エルバル独立都市とは良いお付き合いが出来そうだ」

　カウサは負け惜しみでもなんでもなく、心の底からそう告げる。

「我らエルバル独立都市は常に依頼者の味方です。また御贔屓にしていただければ、幸いです」

　タチバナとしても、この一件でカウサだけではなくバルガ帝国皇帝にもエルバルの力を見せつける事が出来た。

　我々エルバルは、未知の戦力を隠し持っている。その戦力は、六帝剣の牙にも怯まず、皇帝の喉元にまで届くほどのものであると。

　敗北を受け入れてもなお、清々しいほど平然としているカウサは椅子から腰を上げた。

　そして、彼はまだ後ろ髪を引かれているのか、話を戻す。

「先ほどの質問の続きなのですが、ツシマ・リンドウは一体何者か、という問いの答え。お聞かせは願えないものですかかね？」

「それは国家機密というか、個人情報ですので。まぁ、また本人に会ったら聞いてやってください」

秘密を口からこぼしてしまったわけではない。タチバナはあえてツシマが死んでいないという事をカウサにほのめかす。それは同時に、ツシマという戦術兵器の営業でもあった。

六帝剣ほどの実力者も殺害を可能にし、身分を隠したまま再び闇に溶けていく。まさしく、驚異の存在。それがツシマ・リンドウという情報師であると。


カウサは乾いた唇を舐め、はにかむと袖を振って背を向けた。

「さて、タチバナ市長もお忙しいでしょう。今日はこの辺りで失礼させていただきます」

完全に背を向けていてもカウサに油断はなかった。次へ向けた策略を巡らせているのだろう。

今回は結果的に敗北に近い立場にはなったものの、彼はこの程度でくじける人間ではない。


タチバナは新たな好敵手の予感に高揚しながら彼の背中を見送る。

空間転送演算による空間のひずみが道を開いた時、カウサはふと足を止めた。

「そうだ。彼女は、この国でも元気にやっていますか？」

カウサはあえて固有名詞を使うことを避けていた。だが、この去り際で言葉に出す『彼女』という単語が持つ意味はひとつだ。


タチバナは早々に理解して朗らかに返した。

「実に楽しそうにやっていますよ。この春からエルバル学園に通うとかなんとか。なんやかんやで、順風満帆の様子です」

「なるほど。それは良かった」

誰かに言うわけではなく、その場に溢すように呟いてカウサは空間転送演算の向こう側へと姿を消していった。

護衛の情報師たち含め、相手方の全員が転送のひずみに消えてからタチバナは大きく背伸びをする。

「全く、帝国が絡むと面倒ごとが増えていけない」

緊張感を緩め、面倒くさそうにタチバナは言い放った。しかしその言葉とは裏腹に、彼の口元には笑みが見える。

世界屈指の策略家であるタチバナは、常に知略をめぐらせ戦う相手を求めている。きっと若手の台頭が喜ばしいのだ。いつしか自分を踏み台にして、さらなる高みに昇り詰める新世代。彼らの出現を望むように、タチバナは部屋を後にした。

## エピローグ

時は流れ、反逆の皇女の見出しも落ち着いたころ。まだ肌寒さの残る晴天の下で、ルプスは桜の木を見上げていた。

エルバル独立都市の最高学府であるエルバル学園の正門前では同じ学生服に身を包んだ、大勢の生徒たちが歩いていた。今日は多くの若者たちにとって希望に満ちた門出の日である。春と秋に行われる新入生受け入れの日だった。

昔から秘かに憧れていた学生服に身を包み、ルプスは高鳴る胸とは別に曇る感情を内包した気分で入学式を迎えている。

何故なら、バルガ帝国から亡命したあの日から今日にいたるまで、彼女の探し物は見つかっていないのだ。

カバンを揺らしながら正門を抜けて、校舎に向かう道すがら。彼女は独特な気配に気が付いて足を止めた。ルプスは振り返りもせず、木陰に立つ男に声をかける。

「何の用？」

「随分と不愛想な態度ではないか。誰に対してもそうなのか？」

「そう思ってしまうような心当たりが、貴方にはあるんじゃない。アイマン？」

春を迎えてもなお、三つ揃えのスーツに一切の変化がないアイマンは、腕を組んだ姿勢のまま吐息をこぼす。

「あまり年寄りを困らせないでくれ」

「あなたほどの情報師なら、ツシマを連れて帰ることも出来たはずよ。それを見殺しにするなんて」

「まだそれで怒っているのか」

「まだ私は許してないって言ってるの」

アイマンを相手にひるみ一つ見せずに、ルプスは強気に言い切った。彼女は彼らエルバル行政府に対して大きな不信感を抱いていた。

あの日にツシマの帰還を約束したはずのタチバナは、結局彼を帝国から救い出すことなく事を静観した。報道によれば六帝剣を暗殺したとされる情報師は皇帝の命令によって即処刑が行われたらしい。

彼の死を知り、ルプスは酷く落ち込んだ。

ルプスはバルガ帝国での逃走の日々の中で、ツシマには身を守るだけではなく新たな人生を踏み出す勇気と覚悟をもらった。そのおかげで彼女は幾つもの苦しい過去を乗り越え、エルバルでの新しい人生を手に入れたのである。

だが、ルプスはその対価として、ツシマという恩人の命を差し出す形になってしまった。その事実は、後悔と自責の念として彼女の良心を侵していた。

ルプスは半ば敵に向けるような感情をアイマンに向ける。彼としても娘ほどの少女に敵意を向けられることを嫌がっている節がある。ルプスはそれを知っていてあえて強く当たっているのだった。

「それで、貴方の用件は何？」

冷たく言われ、アイマンは肩をすくめる。

「今日は君の入学式と聞いてね」

「それで、お祝いの餞別でもくれるの？」

「まぁ、そんなところだ」

そう言うとアイマンは懐から一枚の手紙を取り出した。特に目立った様子もない普通の封筒を差し出され、ルプスは眉をひそめた。

「それは何？」

「君に渡すように頼まれた」

「誰から？」

「そこまで私に言わすのか？　それは無粋だと思うが」

髭の下で笑みを作ったアイマンの表情を見て、ルプスは勘づいた。彼の手から奪うように手紙を受け取ると、他人の目も忘れて急いで中身を引っ張り出す。その背中を見つめながら、アイマンは呆れ顔を浮かべていた。

封筒の中には同じような飾り気のない一枚の便箋が入っていた。並ぶ文字は少なく、たった一文だけがそこには書かれている。それを読み上げ、ルプスは手紙を抱きしめた。

「満足したかね？」

意地悪く問いかけてくるアイマンへ、湿った視線を向けてルプスは頰を膨らませた。

「どうして今まで黙ってたの？」

「この件は公にするには外交的に煙たい話が多いのだよ。向こうも体面上、公開するべき情報とそうでない情報があった。全てが終わってからでないと話すわけにはいかなかったわけだ。それに、大事なことは直接本人から伝えさせるのが一番だと思ったんだが。まぁ、思いのほか重傷で目覚めるのに時間がかかってね」

「怪我、してるの？」

急にルプスの表情が曇ったのを見て、アイマンははにかんで見せた。

「なに。奴にとってはいつも通りさ。事あるごとに死にかける危なっかしいところがあってな。大人になっても利かん坊は変わらん奴だ。詳しい話は奴に聞け。手紙にも住所が書いてあるだろう？」

アイマンが手紙を指さすので、ルプスは慌てて封筒の裏を見た。そこには小さな文字で控えめに住所が書かれている。エルバルの市街地に近い、とある建物の番号だ。

ルプスはその情報を見て跳ねるように顔を上げた。アイマンはあきれ半分で今にも駆け出しそうなルプスを制するように口を開く。

「おっと、奴からの伝言をもう一つ伝えておく。入学のガイダンスが終わってから来い、だそうだ」

「じゃあ、この手紙を渡すタイミングを間違えたわね」

便箋を摘まんで顔の横に掲げると、ルプスは得意げな笑みを浮かべた。

「私の進む道は、私が選ぶの。そう決めたから」

そう言って彼女は学生たちの進む流れに逆らうように正門へと駆けだす。その足取りは実に軽やかで、月面を歩いているかのようだった。

「どうやら賭けには負けたな。お前の読み通り、とんだおてんば娘だ」

走り去っていくルプスの背中を眺めながら、アイマンは虚空に消える。

そして彼の代わりに、正門から出た彼女を呼び止める声がかかった。

「おい、入学手続きは済ませたのか？」

桜の散る校門の前で、ルプスは聴き馴染んだ声に振り返った。弾む息と紅潮する顔が、門に寄りかかる人物を捉える。

彼はルプスが初めて出会った日と同じ服装をしていた。憎たらしい目つきや不遜な態度まで、あのときと何一つ変わらない。

だが、彼女の目に映る彼の印象は百八十度変わっていた。

呆れた表情を浮かべるツシマを目にして、ルプスは息が止まるように言葉に詰まった。唇を嚙みしめ、目頭が熱くなるのをこらえる。そして鼻をすすると、その場で一回転して見せた。

「ねぇ、どう？　似合ってる？」

ルプスは溢れる感情を誤魔化すように、強引に笑顔を作って見せた。それを眺めながらツシマは煙草を咥える。

「まぁ。少なくとも、生きて帰ってよかったと思えるくらいには、な」

ツシマはいつも通り、皮肉交じりに言った。彼の言葉を聞いて、ルプスはいよいよ感情がこらえきれなくなる。頰を流れる嬉し涙を見られるのが嫌なあまり、ツシマに勢いよく抱きついた。

「おい。こんなところで抱きつくな！」

バランスを崩しかけたツシマが迷惑そうに言うが、ルプスはお構いなしに彼の胸元に顔を押し付ける。そして、涙ながらに告げた。

「死んだと思った。もう帰ってこないかと」

「まったく。帰ってこいと言った側が諦めていたら訳がないな」

「そういう問題じゃない」

より強くしがみつかれ、ツシマは困り顔で煙草に火をつけた。

温かみを帯びてきた春の青空を見上げて、吐き出す煙が天高く上っていく。声を抑えてすす

り泣くルプスの頭をなでながら、ツシマは改めて帰る場所にたどり着いた安心感を覚えていた。

ツシマの腕の中でルプスのすすり泣きが収まっていく。それと同時に、ツシマは何かが始まる予感を覚えた。その予感を体現するように、ルプスは語り出す。

「もし、ツシマが生きて戻ったらね。お願いしたいことが一つだけあったの」

それは、乙女らしい弱々しい声だった。ツシマは穏やかな口調で答える。

「なんだ？」

彼の声に呼応するようにルプスは、ゆっくりと顔を上げた。まだ、再会の感動に濡れた瞳があらわになり、ツシマは思わず息をのむ。

まっすぐにツシマを見つめたルプスは、ゆっくりと、そしてはっきりとした口調で告げた。

「まだひとり、殺さないといけない奴がいる。だから、私に手を貸して。ツシマ」

くわえ煙草の煙が、春の空にかき消える。

ツシマはルプスの瞳の奥に、深淵を見た気がした。

# あとがき

このたびは『汝、わが騎士として』をお読み頂き、ありがとうございました。本作は、私がまだ社会のイロハも知らぬ高校二年生の時に、初めて構想を練った長編小説をリブートして生まれた物語です。

人間の持つ欲望が生み出す因果や宿命。どうにもならないモノが渦巻く世界で、何の力も持たない自分たちはどのように生きていけば良いのだろう。そんな思春期の多感な感情から、現国の授業中にルーズリーフの片隅に書き始めた設定がこの作品の始まりです。

それらが次第に形となり、物語となり、たまに黒歴史ともなり。いつしか小説の体を成すようになりました。おかげで現国のテストはいつも赤点ギリギリでしたが、それも良しとしましょう。むしろそれでよく小説が書けるな、と感心するほどです。

つまり何が言いたいかと申しますと。本作は、私が十年以上も未練がましく後生大事に抱えてきた青春時代の名残のようなもの。私の原点とも言える作品だということです。

そして、そんな作品が、大人になり一度は諦めていた小説家になるという夢を叶えてくれました。当時から変わらず、才能も地位も名誉もない『持たざる者』の私ですが、それでも小さな一歩を繰り返し続ける事でこの場所にたどり着けました。

このあとがきを読まれているあなたにも、夢があるかもしれません。その夢はきっと叶えることが出来ます。諦めず、継続して、前に進み続ければ、きっと。それこそ『持たざる者』が唯一持つ最強の武器であり、夢へ導いてくれる最大の道しるべだと信じています。

　そして、もしあなたが夢を叶えたら。そのときは私の本を買って、新たな私の夢も叶えてください（懇願）。いや、本当にお願いしますよ（大懇願）。本作、設定だけはしっかり十数年分練り込んであるんですから（白目）。

　ということで、冗談はさておき。願わくば、本作を通してかつての私のような若人たちへ、夢と希望を伝えられたら本望です。また若人ではない方には、何かしらのエールとなれば幸いです。

最後に。あとがきの締めくくりとして、謝辞を書かせてください。

未熟な私の作品を読んで頂いた、選考に携わったすべての皆様。この作品を面白いと推してくださった電撃文庫編集長と担当編集の駒野さま。素晴らしい数々の絵で作品に命を吹き込んでくださった火ノさま。そして本作の出版に関わった全ての皆様に、厚く御礼申し上げます。

　本作が、誰かの心の温もりになることを祈って。

畑リンタロウ

## ◉畑リンタロウ著作リスト

「汝、わが騎士として」（電撃文庫）

**本書に対するご意見、ご感想をお寄せください。**

ファンレターあて先
〒102-8177　東京都千代田区富士見2-13-3
電撃文庫編集部
「畑リンタロウ先生」係
「火ノ先生」係



本書は、第30回電撃小説大賞で《選考委員奨励賞》を受賞した『Bloodstained Princess』を加筆・修正したものです。

電撃文庫

# 汝(なんじ)、わが騎士(きし)として

畑(はたけ)リンタロウ

◇◇◇

2024年4月10日　初版発行

発行者　山下直久
発行　株式会社KADOKAWA
〒102-8177　東京都千代田区富士見2-13-3
0570-002-301（ナビダイヤル）
装丁者　荻窪裕司（META＋MANIERA）
印刷　株式会社暁印刷
製本　株式会社暁印刷


●お問い合わせ
https://www.kadokawa.co.jp/（「お問い合わせ」へお進みください）
※内容によっては、お答えできない場合があります。
※サポートは日本国内のみとさせていただきます。
※ Japanese text only

※定価はカバーに表示してあります。


ISBN978-4-04-915532-7　C0193　Printed in Japan

電撃文庫　https://dengekibunko.jp/

# 電撃文庫DIGEST　4月の新刊

発売日2024年4月10日

|  |  |
|---|---|
| 第30回電撃小説大賞《選考委員奨励賞》受賞作<br>新作 **汝、わが騎士として**<br>著／畑リンタロウ　イラスト／火ノ | 地方貴族の末子ホーリーを亡命させる――それが情報師ツシマ・リンドウに課せられた仕事。その旅路は、数多の陰謀と強敵が渦巻く過酷な路。取引関係の二人がいつしか誓いを交わす時、全ての絶望は消え失せる――！ |
| **声優ラジオのウラオモテ**<br>#10 夕陽とやすみは認められたい？<br>著／二月 公　イラスト／さばみぞれ | 「佐藤。泊めて」母に一人暮らしを反対され家出してきた千佳は、同じく母親と不和を抱えるミントを助けることに。声優を見下す大女優に立ち向かう千佳だったが、由美子は歪な親子関係の『真実』に気づいていて――？ |
| **声優ラジオのウラオモテ**<br>DJCD<br>著／二月 公　イラスト／巻本梅実<br>キャラクターデザイン／さばみぞれ | 由美子や千佳といったメインキャラも、いままであまりスポットライトが当たってこなかったあのキャラも……。『声優ラジオのウラオモテ』のキャラクターたちのウラ話を描く、スピンオフ作品！ |
| 新説 狼と香辛料<br>**狼と羊皮紙X**<br>著／支倉凍砂　イラスト／文倉 十 | 公会議に向け、選帝侯攻略を画策するコル。だが彼の許に羊の化身・イレニアが投獄されたと報せが届く。姉と慕うイレニアを救おうと奮起するミューリ、どうやらイレニアは天文学者誘拐の罪に問われていて――。 |
| **創約　とある魔術の禁書目録(インデックス)⑩**<br>著／鎌池和馬　イラスト／はいむらきよたか | アリス＝アナザーバイブルは再び復活し、それを目撃したインデックスは捕縛された。しかし、上条にとって二人はどちらも大切な人。味方も敵も関係ない。お前たち、俺が二人とも救ってみせる――！ |
| **男女の友情は成立する？（いや、しないっ!!）** Flag 8.センパイがどうしてもってお願いするならいいですよ？<br>著／七菜なな　イラスト／Parum | 「悠宇センパイ！　住み込みで修業に来ました!!」試練のクリスマスイブの翌朝。悠宇を訪ねて夏目家へやって来たのは、自称"you"の一番弟子な中学生。先の文化祭で出会った布アクセクリエイターの芽衣で――。 |
| **悪役御曹司の勘違い聖者生活3**<br>～二度目の人生はやりたい放題したいだけなのに～<br>著／木の芽　イラスト／へりがる | 長期の夏季休暇を迎え里帰りするオウガたち。海と水着を堪能する一方、フローネの手先であるアンドラウス侯爵に探りを入れる。その矢先、従者のアリスが手紙を残しオウガの元を去ってしまい……第三幕《我が剣編》！ |
| **あした、裸足でこい。5**<br>著／岬 鷺宮　イラスト／Hiten | あれほど強く望んだ未来で、なぜか『彼女』だけがいない。誰もが笑顔でいられる結末を目指して。巡と二斗は、最後のタイムリープに飛び込んでいく。シリーズ完結！　駆け抜けたやり直しの果てに待つものは――。 |
| **僕を振った教え子が、1週間ごとにデレてくるラブコメ2**<br>著／田口一　イラスト／ゆが一 | 志望校合格を目指すひなたは、家庭教師・瑛登の指導で成績が上がり、合格も目前！？　……だけど、受験が終わったら二人の関係はどうなっちゃうんだろう。実は不器用なラブコメ、受験本番な第二巻！ |
| 新作 **凡人転生の努力無双**<br>～赤ちゃんの頃から努力してたらいつのまにか日本の未来を背負ってました～<br>著／シクラメン　イラスト／夕薙 | 通り魔に刺されて転生した先は、"魔"が存在する日本。しかも、"祓魔師"の一族だった！　死にたくないので魔法の練習をしていたら……いつのまにか最強に!?　規格外の力で魔を打ち倒す、痛快ファンタジー！ |
| 新作 **吸血令嬢は魔刀(おれ)を手に取る**<br>著／小林湖底　イラスト／azuタロウ | 落ちこぼれの「ナイトログ」夜凪ノアの力で「夜煌刀」となった古刀逸夜。二人はナイトログ同士の争い「六花戦争」に身を投じてゆく――！！ |
| 新作 **裏ギャルちゃんのアドバイスは100%当たる**<br>「だって君の好きな聖女様、私のことだからね」<br>著／急川回レ　イラスト／なたーしゃ | 朝の電車で見かける他校の"聖女様"・表川結衣に憧れるいたって平凡な高校生・土屋文太。そんな彼に結衣はギャルに変装した姿で声をかけて……！？"（本人の）100%当たるアドバイス"でオタクくんと急接近！？ |
| 新作 **これはあくまで、ままごとだから。**<br>著／真代屋秀晃　イラスト／千種みのり | 「久々に恋人ごっこしてみたくならん？」「お、懐かしいな。やろうやろう」幼なじみと始めた他愛のないごっこ遊び。最初はただ楽しくバカップルを演じるだけだった。だけどそれは徐々に過激さを増していき――。 |

レプリカだって、恋をする。
Even a replica falls in love
榛名丼
[イラスト]
raemz
16歳、夏。はじめての、青春。
愛川素直という少女の
身代わりとして働く
分身体（レプリカ）、それが私。
本体のために生きるのが
使命……なのに、
恋をしてしまったんだ。
海沿いの街で
巻き起こる
ちょっぴり不思議な
青春ラブストーリー。
応募総数
4,128作品の
頂点
第29回
電撃小説大賞
大賞
受賞作
電撃文庫